Erik Orsenna

Lied für eine geliebte Frau

Erik Orsenna

Lied für eine geliebte Frau

Roman

Aus dem Französischen
von Holger Fock
und Sabine Müller

C. H. Beck

Ouvrage publié avec le soutien du Centre national du livre – ministère français chargé de la culture.

Dieses Buch wurde gedruckt mit Unterstützung des Centre national du livre, einer Einrichtung des französischen Kulturministeriums.

Die Originalausgabe erschien auf Französisch unter dem Titel:
La Chanson de Charles Quint. Roman

Gesetzt aus der Sabon bei: Fotosatz Amann, Aichstetten
Druck und Bindung: GGP Media GmbH, Pößneck
Gedruckt auf säurefreiem, alterungsbeständigem Papier
(hergestellt aus chlorfrei gebleichtem Zellstoff)
Printed in Germany
ISBN 978 3 406 60617 5

www.beck.de

Für Louise

Su cuerpo dejará, no su cuidado;
serán ceniza, mas tendrá sentido;
polvo serán, mas polvo enamorado.

Kann Tod vom Leben, nicht vom Lieben scheiden:
Asche zu sein, doch Asche, die noch fühlt,
Staub sein ihr Los, doch Staub, der Liebe leidet.

Francisco de Quevedo,
Amor constante más allá de la muerte /
Über den Tod hinaus beständige Liebe,
übersetzt von Werner von Koppenfels

Wie soll ich es Ihnen mit einem Wort erklären? Sie haben sie ja nicht gekannt. Wie kann ich ihr gerecht werden, jetzt, da sie nicht mehr da ist? Welches Bild von ihr kann ich für immer in mir bewahren, welches Bild, das niemand mir stehlen kann, nicht einmal das Leben, das weitergeht?

Ich habe bei den Menschen, bei den Tieren und bei den Pflanzen nach Ähnlichem gesucht.

Ohne etwas zu finden.

Ich musste mich anderswo umsehen.

Ich musste weit hinaufblicken.

Diese Frau war eine Sonne.

Eine Sonne, aus der zwei blaue Augen hervorstachen. Eine Sonne auf den Beinen einer Tänzerin, Beinen also, die ebenso lang wie standfest, vor allem aber rebellisch waren: Sie weigerten sich zu gehen, wie alle anderen gingen, sie erfanden Schritte, die wer weiß woher kamen, und konnten jederzeit vom Boden abheben, um in der Luft fremdartige Rhythmen anzuschlagen, man brauchte nur einen Finger auf sie zu legen, schon ging die Reise los.

Eine Sonne, die – Sie haben es erraten – sich sehr von unserer offiziellen Sonne unterschied: Sie kannte keine Routine auf ihren Bahnen. Sie konnte immer und überall aufgehen, an jedem beliebigen Ort zwischen Himmel und Erde.

Eine unberechenbare, eine lunatische Sonne, ein Kind von Lewis Carroll. Eine Sonne, die Tag und Nacht wärmte, freigiebig und erfinderisch. Die sich verfinstern konnte. Dann musste man sie in die Arme schließen, damit sie sich darauf einließ, wieder zu leuchten.

Eine Sonne, die sich Zeit nahm. Die nichts lieber tat, als mit Kindern zu sprechen.

Eine Sonne, die ich zu Beginn eines Novembers kennengelernt hatte.

Aber damit Sie die Geschichte verstehen, müssen Sie wissen, in was für eine Welt diese Sonne in jenem November hereinbrach.

Es war einmal, vor sechzig Jahren, eine französische Familie. Eine gewöhnliche französische Familie, die glücklich war, dass sie den Zweiten Weltkrieg überstanden hatte, der gerade zu Ende gegangen war.

In dieser Atmosphäre der allgemeinen Erleichterung, der Freude, des felsenfesten Glaubens an eine brüderliche Zukunft und der Rationierung von Lebensmitteln tat es jene Familie den Familien in der Nachbarschaft gleich und vermehrte sich.

Zwei Jungen. Denen sehr viel später ein Mädchen folgte.

Kurz zuvor hatte der Tod Stalin seinen ergebenen Anhängern entrissen. Amerika wachte liebevoll über Westeuropa, wo sechs Länder, allein ihrer Vernunft folgend, daran arbeiteten, ihre Kohle- und Stahlproduktion zu koordinieren.

Und die Algerier konnten weiter träumen: Aufruhr hin, Aufruhr her, sie würden niemals, niemals unabhängig werden.

So schien alles zum Besten zu stehen in dieser besten aller Welten.

Nur die Liebe verstand sich nicht von selbst in dieser französischen Familie. Dafür gab es zahllose Gründe, doch wenn man es recht bedenkt, war der Hauptgrund die Angst. Mehr will ich nicht dazu sagen. Sie wissen so gut wie ich: Angst tötet die Liebe zuverlässiger als jede andere Schlange.

Kurz, in der Wohnung in der Rue de Vaugirard, Ecke

Boulevard Pasteur, die die französische Familie bezogen hatte und von der aus man die Pariser Metro oberirdisch vorbeifahren sah, fehlte es an Unbeschwertheit im Alltag.

Aber diese französische Familie, deren ältester Sohn ich bin, hatte ein Gegenmittel. Sobald die Stimmung zu drückend wurde, legte einer eine Schallplatte auf den Teller des Plattenspielers. Dann hörte die französische Familie französische Chansons. Und das Glück war wieder da: Der Vater lächelte die Mutter an, während diese zärtlich seine Hand hielt. Und die Kinder genossen dieses Bild der Liebe, war es doch der unwiderlegbare Beweis dafür, dass ihr Dasein auf Erden uneingeschränkt erwünscht war. Ab und zu tätschelte einer von uns der Katze Montlhéry den Kopf, wenn sie zu laut schnurrte. Sie war nach der Rennstrecke benannt, auf der mein Vater, ein begnadeter Rennfahrer, an Sonntagen Runde um Runde drehte.

Léo Ferré, Georges Brassens, Catherine Sauvage, Edith Piaf, Charles Trenet, Juliette Gréco, Stéphane Golmann ... Wenn Colette Renard aufgelegt wurde, schickte man uns hinaus: Ihre Texte «waren nichts für Kinder». Ich hörte diese Künstler so oft, dass sie für mich zur Familie gehörten. Vor jedem Weihnachts- oder Geburtstagsessen fragte ich mich, wer von ihnen diesmal seinen Schuh unter den Tannenbaum stellen oder mir helfen würde, die Kerzen auszublasen. Francis Lemarque? Patachou? Henri Salvador?

Am liebsten hörten meine Eltern Cora Vaucaire.

Eines Abends, als ich aus dem Bad kam, hörte ich sie tuscheln. «Du bist wirklich verrückt», sagte meine Mutter. «Dann schlafen sie morgen länger», entgegnete mein Vater.

Und so landeten wir, mein Bruder und ich, in einem winzigen Saal, wo wir von den vielen Erwachsenen erdrückt und vom Rauch ihrer Zigaretten erstickt wurden. Das Cabaret nannte sich *L'Échelle de Jacob – Die Jakobsleiter*. Wir waren noch keine zehn Jahre alt. Das Licht ging aus. Auf der Bühne erschien ein Gesicht.

Frédé, spiel für mich auf deiner Gitarre
die Geschichte von den beiden,
die sich immer lieben ...

Ich wollte mich umdrehen, um meine Eltern anzusehen. Unmöglich: Es waren zu viele Leute, ich konnte mich nicht rühren. Aber es war auch nicht wichtig, ich wusste, dass sie glücklich waren.

Heute Abend bin ich so geknickt
Liebeslieder sind mein wahres Glück

Als ich zwanzig Lieder und Geschichten später in die Rue Jacob hinaustrat, war ich krank. Die Krankheit hat mich nie mehr verlassen.

Mein kleiner Bruder hat Widerstand geleistet. Ohne Zweifel war er weniger wankelmütig. Ohne jeden Zweifel.

Doch ich habe nachgegeben. In jener Nacht infizierte ich mich, und es sollte Jahre dauern, bis ich begriff, wie diese Krankheit funktionierte.

Die beiden Brüder wuchsen heran und wurden immer älter. Sie lebten in derselben Stadt, aber nicht auf derselben Seite des Flusses.

Ich könnte ihre Vornamen nennen, aber wozu würde Ihnen das nützen? Es sind Allerweltsnamen. Ich will sie lieber danach benennen, wie sie liebten.

Der ältere Bruder (der, den die Krankheit der Chansons erwischt hatte) zog ständig ein und aus, vagabundierte von Haus zu Haus, von Liebe zu Liebe.

Der jüngere Bruder war seiner Liebe mit sechzehn begegnet und hatte sie nie mehr verlassen. Man muss dazu sagen, dass diese Liebe keiner anderen glich. Sie hatte nicht die geringste Ähnlichkeit mit den Mädchen aus unserer damaligen Umgebung. Ein Gesicht wie von der Grenze zu Asien, aus irgendeiner Gegend am Kaukasus; ein Körper, der sich für seine Größe schämte; der Gang einer schüchternen Prinzessin. Genau über den sehr hohen Wangenknochen leuchteten zwei helle Augen, halb lachend und halb verschreckt.

Es waren einmal zwei Brüder: ein Bruder, der seine Liebe verteilte, und ein Bruder mit einer einzigen Liebe. Und sie beneideten einander.

Zwei Brüder beneiden einander immer. Es könnte gut sein, dass die Brüderlichkeit, die tiefe Verbundenheit und die Gewaltsamkeit der Brüderlichkeit, ihren Ursprung in diesem einzigen Antrieb hat: der Eifersucht. Ein Vater oder eine Mutter zieht zwangsläufig einen Bruder dem anderen vor, und schon beginnt das Karussell der Eifersüchteleien, das nicht mehr aufhört.

Die beiden Brüder beneideten also einander. Der Ältere (der Bruder, der seine Liebe verteilte) beneidete seinen jüngeren Bruder lauthals um seine einzige Liebe. Der Jüngere nahm die Hommage mit einem Lächeln entgegen, ein wenig müde, ein wenig stolz und immer mit der Miene des Beschützers. In diesen Momenten hätte der Ältere den Jüngeren am liebsten umgebracht vor Ärger. Man kann aus Ärger töten.

Der Ältere riss sich zusammen. Die Beziehung zwischen Brüdern ist ebenso schwierig wie die zwischen Liebenden, dachte er. Es ist mir nicht geglückt, eine einzige Liebe dauern zu lassen. Die Beziehung zu meinem Bruder wird mein Meisterwerk, der Beweis, dass auch ich in der Lage bin, beständig zu sein.

Der Ältere biss also die Zähne zusammen und wartete, bis seine Wut verraucht war.

Und sie verrauchte.

Hin und wieder erhielt der Ältere dafür seine Belohnung, eine Art Entschädigung. Wenn nämlich der Jüngere einen verstohlenen Blick auf ihn warf und meinte, dass niemand es bemerken würde.

Der Ältere las in den Augen seines kleinen Bruders ein Eingeständnis. Dieses Eingeständnis drang nie vor bis auf dessen Lippen. Denn wäre es ihm über die Lippen gekommen, hätte es seine einzige Liebe verraten und ihr vielleicht den Todesstoß versetzt. Doch solange es in den Augen blieb, konnte es niemanden verletzen. Ein Blick ist kein Beweis. Kein Gericht würde ihn als Beweis akzeptieren.

Das Eingeständnis des jüngeren Bruders (des Bruders mit der einzigen Liebe) war ein Bedauern. Das Bedauern angesichts des nahenden Alters, der immer näher rückenden Stunde, in der die Tür der Sexualität sich für immer schließen würde, nicht so viele Frauen geliebt zu haben wie sein Bruder. Das Bedauern, seine Liebe nicht verteilt zu haben.

Die beiden Brüder hatten einen festen Treffpunkt. Seit ihrer Kindheit waren sie ihm treu geblieben. Schon ihre Eltern feierten hier immer die großen Ereignisse des Familienlebens: die Einschulungen, die Geburt der kleinen Schwester, den Parisbesuch des Onkels aus Brasilien mit seiner wunderschönen zweiten Ehefrau, die furchtbar nett war, sehr viel netter als ihre Vorgängerin (und mindestens genauso schön) ...

Der Ort war ein russisches Restaurant. *Chez Dominique*, in der Rue Bréa, Nummer 19.

Vom Hinterzimmer drangen dort immer Fetzen von lauten Wortgefechten bis zu uns, dann plötzlich Lieder, dann wieder Wortgefechte.

«Wer sind diese lauten Leute?», fragten wir.

«Weiße Russen.»

«Was sind weiße Russen?»

«Exilanten. Sie haben ihre Heimat verlassen.»

«Glaubt ihr, sie kehren eines Tages wieder in ihre Heimat zurück?»

«Bestimmt nicht.»

«Dann sind es also Gespenster?»

«Wenn ihr so wollt, Kinder. Aber stopft euch doch nicht so mit Brot voll!»

Warum feierten wir unsere Feste in einem Gespenster-Restaurant? Warum gingen wir immer und immer wieder zum Abendessen zu *Dominique*?

Mein Bruder hatte schon lange alles verstanden.

«Hast du es noch nicht bemerkt? In diesem Gespenster-Restaurant, meinen unsere Eltern, bleibe ihr eigenes Gespenst unbemerkt.»

«Was für ein Gespenst?»

«Das Gespenst ihrer Liebe, du Dummerjan!»

«Welcher Liebe?»

«Das verrate ich erst, wenn man mir einen anderen Bruder liefert, einen, der mehr in der Birne hat.»

Ein Gespenst herrschte zu Hause, das Gespenst der Liebe, die meine Eltern füreinander empfunden hatten. Arme Eltern! Sie haben tapfer gekämpft. Aber ihre Liebe hatte nicht überlebt. Trotz der Unterstützung durch Liebeslieder (oder vielleicht wegen ihrer insgeheim verderblichen Wirkung). Die Liebe hatte sich bei uns in Liebeskummer verwandelt. Und was ist ein Gespenst anderes als Kummer?

Jetzt verstehen Sie, warum wir in unserer Familie Gespenster gewohnt sind.

 Was tun angesichts des Schauspiels der einzigen Liebe?

Man staunt, doch vor allem ärgert man sich. Man ärgert sich über die Harmonie, und man ärgert sich über die kleinen Lächerlichkeiten dieser Harmonie: das «mein Schatz», das «mein Liebling», mit denen alle Sätze gespickt sind; die zwei einsamen Liegestühle im Garten; der Verzicht auf Autonomie: «*Wir* fanden den Film schrecklich.»

Doch es gibt noch andere, ernstere Ärgernisse, vor allem das Ärgernis, dass einem die Nachahmung nicht gelingt.

Denn selbstverständlich wollte auch der ältere Bruder seine einzige große Liebe haben. Eine Liebe auf den ersten Blick. Und natürlich für alle Ewigkeit. So begann sich das Karussell zu drehen.

Jeder neuen Frau, der er begegnete, schlug er vor, seine einzige Liebe zu werden. In der Regel schüttete sich die Frau dann vor Lachen aus. Und wenn sie sich auf das Abenteuer einließ, blieb sie nicht bei ihm. Wie soll man auch im Schatten einer wahrhaftigen großen Liebe leben? Wie im ständigen Vergleich mit der großen Liebe bestehen? Der ältere Bruder war also wieder allein. Bis er eine andere Frau traf. An die er felsenfest glaubte. Kaum hatte die künftige Mitbegründerin der einzigen Liebe die Einladung zu einem ersten Abendessen angenommen, rief der ältere Bruder den jüngeren an.

«Wir kommen.»

«Wie bitte?»

«Ich hab jetzt auch meine einzige Liebe gefunden. Kann ich kommen und sie euch vorstellen?»

«Seit wann kennst du sie?»

«Was spielt das für eine Rolle? Ich weiß, dieses Mal ist sie es.»

Und dann fing der Ärger wieder an. Ein Ärger, welcher der Wut oft stark, sehr stark ähnelte.

Die Liebe zwischen Brüdern ist ein voller Speicher, der von Ärgernissen überquillt. Harmlosen Ärgernissen, die den Himmel nur für einen Augenblick bewölken. Und anderen, die sich zu Rasereien entwickeln, die zu heftigen Worten führen, zu mehr oder weniger dauerhaften, manchmal endgültigen Zerwürfnissen. Aber es gibt noch andere, noch schlimmere Ärgernisse: Sie kapseln sich ein, dringen unter die Haut und gelangen von dort ins Herz, unsichtbar, aber immer gegenwärtig. Die beiden Brüder treffen sich regelmäßig, umarmen sich, lächeln sich an, aber sie hassen einander bis in alle Ewigkeit.

Keine Ahnung, welcher Kategorie ich den doppelten Ärger der Vorstellungsbesuche zuschlagen soll.

Bei jeder neuen Liebe hatte der ältere Bruder also nichts Eiligeres zu tun, als sie so schnell wie möglich dem jüngeren vorzustellen: Dessen Meinung zählte mehr als alles andere. Von seiner Meinung hing wirklich ab, ob er sich weiter für diese Liebe engagierte oder nicht. Daher der erste Ärger, der des jüngeren Bruders.

Wenn er den Hörer auflegte, sagte er zu seiner Frau:

«Es war mein Bruder.»

«Dachte ich mir.»

«Stell dir vor, er hat sie erst vorgestern kennengelernt. Kann er nicht ein wenig warten und probieren, ob ...»

«Sei nicht so hart mit ihm.»

«Er benimmt sich rücksichtslos uns gegenüber. Und vielleicht ...»

«Vielleicht?»

«Vielleicht legt sich ein Schatten über unsere Liebe, wenn wir ständig mit diesen Karikaturen von Gefühlen konfrontiert werden!»

«Also, ich bitte dich! Wir kennen deinen Bruder doch, seit damals ...»

Das war der Ärger des Jüngeren.

Der Ärger des älteren Bruders hatte immer denselben Grund: Ihm gefiel nicht und ihm würde niemals gefallen, wie seine neue Liebe von seinem Bruder und seiner Schwägerin, den Profis der wahren Liebe, aufgenommen wurde.

«Darf ich euch M. (oder C. oder B. ...) vorstellen?»

«Guten Tag.»

Wo der ältere Bruder Begeisterung erwartete, zeigten sie bestenfalls Zurückhaltung, höfliche Zurückhaltung: Warum begrüßten sie den Beginn dieser einzigen Liebe nicht freudiger?

Es folgte entweder wütendes Schweigen, das mehrere Wochen andauern konnte. Oder ein prompter Telefonanruf.

«Ihr hättet trotzdem liebenswürdiger zu ihr sein können!»

«Was meinst du mit ‹trotzdem›?»

«Ich habe gleich gemerkt, dass sie euch nicht gefiel.»

Der jüngere Bruder rechtfertigte sich mit dem Hinweis, dass es der dritte Vorstellungsbesuch in diesem Jahr gewesen sei, dass eine gewisse Distanziertheit am Anfang doch ganz normal sei, dass seine Frau und er Gefahr laufen würden, seelischen Schmerz zu erleiden, wenn sie zu Beginn zu viel Zuneigung zeigten und dann unglücklicherweise (wie immer) eine Trennung erfolgte, also sei es ganz normal, wenn sie sich schützten ...

Der ältere Bruder hielt an seinem Ärger fest, legte auf, die Geschwisterliebe schwankte und ging fast unter.

Doch die Geschwisterliebe überlebte.

Ob es an den weißen Russen lag, die darüber wachten? Nie verpassten die Brüder das rituelle Abendessen am ersten Dienstag jedes Monats.

Sie hatten beide dasselbe Metier gewählt: Geschichten. Der Ältere erfand sie, damit Leute, sogenannte Leser, sie kauften. Der Jüngere hörte zu, wenn andere Leute, sogenannte Patienten, sie loswerden wollten. Der einzige wahre Unterschied bestand in der Bezahlung. Der eine bekam Tantiemen, der andere Honorare.

Mit jener Gefühlsseligkeit und jener Nachsicht sich selbst gegenüber, die einem nur der Alkohol verleiht, erinnerten sie sich nach dem dritten oder vierten Glas bei *Dominique* oft gegenseitig daran, dass sie noch immer ihren ersten Kampf weiterfochten: Du und ich, wir werden den Kampf gegen das Schweigen nie aufgeben.

«Weißt du noch, wie es war, wenn Vater und Mutter nicht mehr miteinander sprachen ...»

«Und wir ebenfalls nicht mehr zu sprechen wagten ...»

«Dann legte einer eine Schallplatte auf, ganz leise ...»

«Meinst du, das geschah, damit wir nicht vergaßen, dass es Wörter gibt?»

Die Zeit verstrich für den Jüngeren ohne irgendwelche Zeichen, an die er sich hätte klammern können. Da er sich in seiner einzigen Liebe fest eingerichtet hatte und kinderlos blieb, flossen die Jahre an ihm vorbei wie Wasser, und weder durchlitt er eine schwere Krankheit, noch erlebte er je einen beruflichen Einschnitt.

Von seinem älteren Bruder dagegen hätte man glauben können, er habe sich geradezu abgemüht, um die Wegmarken und Pflöcke zu vervielfachen. Vielleicht hielt er das Leben nur aus, wenn es datierbar und in wohldefinierte Epochen eingeteilt war? Jeder Frauenname war für ihn eine Jahreszeit. Sein Bruder brachte einiges durcheinander, klar. Er behielt nur die Rhythmuswechsel in Erinnerung.

«Damals war deine stürmische Phase, stimmt's? Ich erinnere mich, dass eine nach der anderen aufmarschierte.»

«Das mit dem Aufmarsch stimmt. Aber so moralisch wie damals war ich nie wieder. Ich hatte mir die strengste aller Regeln auferlegt: eine Frau umgehend zu verlassen, wenn mir bei der Liebe mit ihr das Bild einer anderen in den Sinn kam.»

«Was für eine blödsinnige Regel.»

«Warum das?»

«Wenn jeder sie befolgte, würde niemand mehr beim anderen bleiben.»

«Nicht mal du?»

«Nicht mal ich.»

«Das finde ich interessant.»

Der Ältere wartete geduldig darauf, wie es weitergehen würde.

Er wusste, die kleinsten Enthüllungen konnten den ganzen Körper seines Bruders in Aufruhr bringen. Der Arme begann zu zittern. Dann verzog er das Gesicht (ein Zeichen für Magenschmerzen). Er wurde blass, zwinkerte mit den Augen, strich sich immer wieder mit der

Hand durchs Haar. Die Kellner, die ihn nicht kannten, wurden unruhig.

«Geht es Ihnen gut, Monsieur? Möchten Sie ein Glas Wasser, oder soll ich die Tür aufmachen und frische Luft reinlassen?»

Wenn er zu schwitzen begann, der Schweiß auf seiner Stirn perlte, ließen die Geständnisse nicht mehr lange auf sich warten. Sie haben es erraten: Ich erwähne diese gelegentlichen Schwächen nur aus niederen Beweggründen. Ich fand schon immer, dass mein Bruder viel zu gut aussah.

«Wenn sie davon wüsste ... Ich betrüge meine Frau ständig.»

«Wie bitte?»

«Mit der Erinnerung an ihre Jugend.»

«Was meinst du damit?»

«Ich betrüge sie mit der Erinnerung an unsere Jugend. Der Erinnerung daran, wie sie und ich waren, als wir jünger waren, wenn du so willst.»

Der Bruder mit der einzigen Liebe spähte verlegen in alle Richtungen, weil er zu laut geredet hatte. Er biss sich auf die Lippen. Minuten, viele Minuten vergingen.

Der Ältere war sprachlos. Was sollte er von diesem Geständnis halten? Häufig hatte sich sein kleiner Bruder aus reinem Großmut Schwächen angedichtet. Um seinen älteren Bruder nicht mit dem Gewicht jener ruhmreichen und unveränderlichen einzigen Liebe zu erdrücken.

Dem Älteren fiel auf, dass sie immer mehr Zeit darauf verwandten, einander zu beruhigen. Dabei hatten sie ihr Leben damit begonnen, einander heftig zu bekämpfen (die ersten fünfzehn Jahre). Lag es daran, dass die Welt immer bedrohlicher wurde? Oder dass die Kräfte, die sie brauchten, um in ihr zu leben, langsam abnahmen?

«Lass dir etwas von deinem älteren Bruder gesagt sein! Du hast dir nichts vorzuwerfen. Du liebst deine Frau in ihrer Ganzheit. Und deine Frau besteht wie wir alle, daran lässt sich nichts ändern, mehr aus ihrer Vergangenheit als aus ihrer Gegenwart.»

«Vielleicht hast du recht.»

«Entschuldige die Indiskretion, aber wenn du sie streichelst, gibt sich deine Hand nicht mit einem kleinen Stück Haut zufrieden. Deine Hand streicht über ihren ganzen ...»

Sie erröteten.

«Und mit der Zeit ist es doch dasselbe. Du wärst arm dran, ihr wäret arm dran, wenn du an ihr nur den gegenwärtigen Augenblick lieben würdest, diese vergängliche und (er holte tief Atem) winzig kleine Insel.»

«Danke.»

An diesem Punkt driftete das Gespräch, unterstützt vom Wein, einem Bourgueil, in die unwahrscheinlichsten Regionen ab, wo alles in allem steckte und überall Gefühle mitspielten.

«Ich sag dir eins: Sich zu etwas zu zwingen, ist schlimmer, als jemanden zu betrügen!»

«Und ich sag dir: Was kannst du dafür, wenn dein Hirn phantasiert?»

«Ich würde ihm die Phantasien gerne austreiben.»

«Mach dir keine Sorgen, das besorgt schon der Alzheimer.»

«Und ich sag dir: Phantasien sind Gespenster.»

«Und noch etwas: Für diese kluge Erkenntnis übernehme ich heute die Rechnung.»

Sie trennten sich wie häufig mit schwankendem Gang und vierfach beglückt: Jeder war glücklich über sich selbst und den anderen.

«Komm gut nach Hause.»

«Schlaf gut.»

Als sie noch jünger gewesen waren, hatten sie sich immer schnell und abrupt voneinander getrennt: Kaum hatten sie sich umarmt, waren sie bereits wieder mit anderem beschäftigt gewesen. Das lag bestimmt daran, dass sie damals mehr Elan besaßen.

Jetzt fürchteten sie die Nacht. In Gedanken begleiteten sie einander bis vor die Haustür. Sie verkniffen es sich, gleich anzurufen. Manchmal suchten sie einen Vorwand und gaben dem Drang nach. Fadenscheinige Vorwände, über deren Charakter sich keiner von ihnen täuschte.

«Ah, du bist schon zu Hause? Ich war mir sicher, ich würde nur deinen Anrufbeantworter erreichen. Ich vergaß, dir zu sagen …»

Fast hätten sie sich am Telefon gegenseitig ein Wiegenlied aus ihrer Kindheit vorgesungen, um einander in den Schlaf zu begleiten. *Aux marches du palais*. Oder *Brave marin revient de guerre*. Oder sie hätten einen ihrer Lieblingshelden zu Hilfe gerufen: Jean Bobet, den «Denker im Peloton», Juan Manuel Fangio, «den schnellsten Rennfahrer der Welt», oder gar Loys Van Lee, den Sportreporter, der ebenso elegante wie sibyllinische Sätze sagen konnte: «Eins ist klar, auch wenn dieser Alphonse bei Monsieur Jean das Boxen gelernt hat, ist aus ihm kein tiefschürfender Wissenschaftler des Faustkampfs geworden.»

Ab und zu klingelte das Telefon.

«Dein Bruder ist nicht nach Hause gekommen.»

Es war die Mitbegründerin und tägliche Mitverwalterin der einzigen Liebe. Mit anderen Worten, meine Schwägerin. Jedes Mal musste ich sie beruhigen.

«Du weißt genau, wo er ist.»

«Also keine Gefahr?»

«Nein, nicht die geringste. Und für dich ebenso wenig. Ihr würdet beide viel mehr riskieren, wenn er darauf verzichten würde hinzugehen.»

«Wieder einmal der Krieg?»

«Natürlich! Was denn sonst.»

Der kleine Bruder hatte eine Verabredung mit seinen Gespenstern. Gespenstern in großer Zahl, drei Millionen, wenn man genau sein will.

Um zu verstehen, wie er zu dieser riesigen Familie von Schatten gekommen ist, muss man der Vergangenheit einen Besuch abstatten.

Seit seinem fünften Lebensjahr, als er damit begann, allen Kuscheltieren, die man ihm schenkte, die Brust abzuhören und dann den Bauch aufzuschneiden, wollte mein Bruder von unserem Großvater immer und immer wieder die Geschichten aus den Jahren 1914 bis 1918 hören. Der erzählte freudig, trotz des allgemeinen Protests: «Diese Schreckensgeschichten sind nichts für sein Alter!» «Nachts werden ihn Albträume verfolgen!»

Nichts hat geholfen. Weder Drohungen noch Verbote.

An Weihnachten oder bei Hochzeiten fanden der alte Mann und der Steppke immer einen Weg, sich abzusondern. Sodass mein kleiner Bruder im Alter von zehn Jahren bereits die ganze Geografie des Gemetzels kannte: Verdun, Les Éparges, den Wald von Belleau, Mort-Homme …

Im Grunde brauchte mein Bruder den Ersten Weltkrieg wie andere ihren Garten. In einem Garten trifft man die Natur an, eine Zusammenfassung der unendlich großen und vielfältigen Natur. Im Ersten Weltkrieg kann man gewiss sein, dem Grauen zu begegnen, der Verdichtung und höchsten Steigerung aller Gräuel und Dummheiten, zu denen die Menschheit fähig ist.

Regelmäßig wurden unsere Eltern von der Schulleitung einbestellt.

«Madame, Monsieur, dies ist die letzte Mahnung: Wenn Ihr Sohn erneut damit anfängt, wird er von der Schule verwiesen.»

«Was hat er denn getan? Seine Noten sind hervorragend.»

«Ihm ist nichts Besseres eingefallen, als den Grundschülern vom Bajonettgraben zu erzählen.»

Diese tragische Episode – die nicht tragischer war als tausend andere – war seine Lieblingsgeschichte, sein Bravourstück: Ein riesiges Geschoss hatte die Spitze eines Hügels weggesprengt, es kam zu einem Erdrutsch, der eine Gruppe Soldaten verschüttete. Man ließ sie stehen, wie der Tod sie geholt hatte, nur die Spitzen ihrer Bajonette ragten noch aus der Erde.

Meine Eltern fügten sich, brachten banale Entschuldigungen vor.

«Glauben Sie uns, Frau Direktorin, Herr Schulleiter,

wir tun, was in unserer Macht steht, aber er kommt immer wieder auf den Ersten Weltkrieg zurück.»

«Hat er denn keine anderen Interessen? Briefmarkensammeln vielleicht? Schicken Sie ihn doch zu den Pfadfindern!»

«Machst du dir keine Sorgen, wenn er weg ist?», fragte man die einzige Liebe meines Bruders.

«Doch, ich mach mir Sorgen.»

«Aber du willst nicht wissen, wohin er geht?», bohrten all jene nach, die diese einzige Liebe erbitterte – dieser leibhaftige Vorwurf, dieser unbestreitbare Beweis, dass eine solche Liebe möglich war –, alle, die sie so gerne an einem ganz gewöhnlichen außerehelichen Abenteuer hätten zerbrechen sehen.

«Ich will es nicht wissen.»

Man blieb beharrlich, man bot ihr Hilfe an.

«Soll ich ihm nachgehen? Wäre es dir nicht lieber, du wüsstest Bescheid?»

«Bescheid wissen … was für ein komischer Ausdruck! Nein, ich glaube, ich brauche niemanden, der mir die Augen öffnet!»

An diesem Punkt des Gesprächs zuckten die dümmsten ihrer Freunde mit den Achseln und gingen. Die anderen ließen nicht locker mit ihren Nachforschungen über die einzige Liebe.

«Und macht es dich nicht traurig? Ich möchte dir ja nicht zu nahe treten …»

«Ich bitte dich!»

«Macht dich sein Bedürfnis, immer wieder mal zu verschwinden, nicht traurig? Ich dachte, wenn man liebt, wenn man geliebt wird ...»

«Da dachtest du eben falsch. Aber klar macht es mich traurig.»

Was trieb ihn an, sich mit diesen vielen Gespenstern zu beschäftigen und den Kontakt mit ihnen zu pflegen, wo er doch ein so unschätzbares Gut wie die einzige Liebe besaß?

Doch ihre Traurigkeit war begründet: Oder was ist Ihrer Meinung nach besser, eine andere Frau oder den Ersten Weltkrieg zum Rivalen zu haben?

Eines Abends, in vertrauter Runde, als der Hochmut, zu lieben und geliebt zu werden, sie zur Kühnheit verleitete, fügte sie hinzu:

«Normalerweise sucht ein Mann, der seine Frau betrügt, anderswo das Leben, das ihm zu Hause fehlt, oder? Bei meinem Mann ist es umgekehrt. Unser Leben muss wohl zu stark, zu hell sein. Hast du noch nicht bemerkt, wie oft er die Augen zusammenkneift? Vermutlich braucht er Schatten. Auf diesen Reisen legt er sich einen Todesvorrat an. Ist doch beruhigend für unsere Liebe, oder?»

«Woran krankt es eigentlich bei dir?», fragte der jüngere Bruder den älteren eines Dienstags bei *Dominique*. «Warum bist du so unstet, woher kommt diese Sucht nach der Trennung? Und dein Heißhunger, dieser unerträgliche Heißhunger?»

Der Ältere ließ es sich anmerken, dass er getroffen war. Er bestellte bei Dimitri, dem alten Kellner, noch eine Auberginencreme, das Einzige, was er sich leisten konnte.

Sein Bruder ließ ihn nicht entkommen.

«Warum drängt es dich immer und immer wieder anderswohin?»

Um sich Mut zu machen, verschlang der Ältere hintereinander weg drei Löffel von dem schimmernden, grünen Mus (der berühmten Creme) und schüttete einen großen Schluck gelben, mit Mariengras parfümierten Wodka hinterher.

«Ich glaube, das kommt alles von den Chansons.»

Dann legte er vor seinem kleinen Psychiater-Bruder, der ihn immer entgeisterter anstarrte, seine Theorie von der Chansonkrankheit dar.

«Ich habe jahrelang darüber nachgedacht, wie du dir denken kannst.»

«Ich denke nicht, ich höre dir zu.»

Dem älteren Bruder zufolge hatten die Chansons, die Passion der Familie für diese Lieder eine zersetzende Wirkung auf die Struktur seiner Seele gehabt.

«Sieh an! Und warum?»

«Erstens, weil das Chanson, das von Natur aus kurz

ist, unserer Lust an der Erneuerung, am Neubeginn und an der Mannigfaltigkeit um jeden Preis schmeichelt. Eine Geschichte folgt der anderen. Für Langeweile ist keine Zeit. Stimmst du mir zu?»

«Zugegeben.»

«Zweitens, und das folgt logisch aus dem ersten Grund, flößt uns das Chanson Abscheu ein vor allem, was sich in die Länge zieht, ja für alles Dauerhafte. Kannst du mir noch folgen?»

«Ich fürchte, ja.»

«Drittens und letztens, und das ist das Schlimmste: Wenn man zu viel Chansons hört, führt das bei bestimmten schwachen Persönlichkeiten zu einer *Verlagerung* des Glücks.»

«Was hast du sonst noch an Entschuldigungen vorzubringen?»

«Hör mal zu. Für einen normalen Menschen wie dich zum Beispiel liegt das Glück im Leben, im Leben selbst, in der gelebten Gegenwart. Oder täusche ich mich?»

«Und weiter?»

«Bei einem besessenen Chansonhörer, also bei einem Kranken wie mir zum Beispiel, zieht sich das Glück aus dem Leben zurück. Es liegt nur noch in der Erinnerung an das Leben. Hast du schon mal ein glückliches Chanson gehört? Alle Chansons sind nostalgisch.»

Statt mir die Wange zu streicheln, mich in die Arme zu schließen oder mir noch einen Wodka zu spendieren, wie es jeder x-beliebige ein wenig mitfühlende Bruder getan hätte, stand der meine auf und ließ mich auf meiner schmutzigen roten Bank sitzen.

«Ich fürchte, ich kann wirklich nichts für dich tun.»

In dieser Welt voller Neurosen, manischer Theorien und leidenschaftlicher Liebesverhältnisse (von denen die einen Stückwerk und die anderen einzigartig waren) ging an einem schönen Novembertag die Sonne auf.

Völlig unerwartet betrat die Sonne an einem Donnerstag das Restaurant *Erawan* in der Rue de la Fédération, Nummer 76. In diesem Augenblick spürte der ältere Bruder in seinem Innersten die nur allzu bekannten Schauer, die ankündigten, dass sich das Karussell wieder zu drehen begann, mit jener verrückten, bereits beschriebenen Mechanik.

Damals lebte ich nach zu vielen Reisen und zu vielen Verpflichtungen allein. Meine beiden Kinder wachten über mich. Ängstlich und mit peinlichem Ernst. Wie man einen Süchtigen betreut. Sie waren erwachsen geworden und kannten mich in- und auswendig. Sie stammten aus meiner einzigen glücklichen Zeit, meiner einzigen dauerhaften Liebesbeziehung.

«Wie wäre es, Papa, wenn du einmal aufhören würdest?»

«Wenn du einfach mal nicht mehr alles wolltest? In dem Alter, in das du kommst, machst du dich lächerlich.»

Ich gab ihnen natürlich recht, aber wie sollte ich es anstellen? Sie hatten eine Antwort parat. Eine Überzeugung, die bereits ihre Mutter vertreten hatte. In jener einzigen glücklichen Zeit schrieb ich einen dicken, sehr dicken Roman. Ständig fragte sie mich, wie ich damit vorankäme.

«Wie viele Seiten sind es noch?»

«Mindestens dreihundert.»

«Da bin ich aber froh.»

Sie hatte einen einfachen Gedanken: Ein dicker Roman war das einzige Mittel, um mich zumindest vorübergehend von meiner Krankheit zu heilen. Ich begriff es nicht sofort. Wie so oft musste sie es mir erklären:

«Überleg doch mal! Was ist denn ein dicker Roman? Stell dich nicht dumm! Ein dicker Roman ist ein Chanson, das immer weitergeht. Wenn du deinen dicken Roman zu Ende geschrieben hast, wirst du weggehen. Falls es dich interessiert, ich hätte ein paar Einfälle für weitere Kapitel.»

Ich war dumm genug, mich nicht für ihre Pläne für neue Kapitel zu interessieren. Kaum war das Ungetüm fertiggestellt (1300 Seiten in der ersten Fassung), machte ich mich wieder auf die Wanderschaft.

Meine beiden Schutzengel rieten mir entschlossen, die Behandlung zu wiederholen.

«Stürz dich in eine endlose Geschichte, Papa!»

«An Themen habe ich keinen Mangel. Aber ich weiß nicht. Afrika, die großen Entdeckungsreisen ...»

«Du wirst sehen, es wird dir guttun.»

Solange ich auf den zündenden Einfall für den ersten Satz wartete, der das Schiff in Fahrt bringen würde, nahmen sie meine CDs unter Verschluss. Tschüss, Etienne Daho, Christophe, Alain Souchon, Bashung, Françoise Hardy. Nur noch «klassische» Musik war mir erlaubt.

Und als ich protestierte, kam postwendend zurück:

«Es ist nur zu deinem Besten, Papa. Das weißt du genau.»

Als ich ihnen die Ankunft einer Sonne mitteilte, sahen sie mich nur niedergeschlagen an. Sie drohten mir mit dem Schlimmsten: mich zu verlassen.

Und dann hat die Sonne sie vom ersten Augenblick an betört. Wie hätte man auch dem Lachen dieser Sonne widerstehen können? Einer Sonne, die an jenem Tag, ich erinnere mich genau, ein spitzes Zwergenhütchen trug und eine DVD von Carolyn Carlson schwenkte.

Der ältere Bruder sah keine Notwendigkeit, sie dem jüngeren vorzustellen. Weil eine Sonne eben eine Sonne ist. Wer eine Sonne kennenlernt, braucht niemanden, und sei er auch ein Kenner der Seele, der ihm bestätigt, dass seine Sonne eine Sonne ist.

Vielleicht lag es auch daran, dass diese Sonne zerbrechlich war? In bestimmten Augenblicken fiel sie ohne Vorwarnung in sich zusammen und erlosch. Man nannte solche Augenblicke «epileptische Anfälle». Doch wozu waren diese lähmenden Wörter gut, wenn die Sonne bald darauf wieder aufflackerte und hell und warm strahlte wie zuvor? Der ältere Bruder musste befürchten, dass der bohrende Blick seines kleinen Bruders dieser zarten Sonne nicht zuträglich war.

Außerdem hatte der Jüngere behutsam durchblicken lassen, dass er die halbjährlichen Vorführungen nicht mehr ertrug. Er forderte eine Pause oder eine entschiedenere Auswahl. Er wollte nur noch über die Liebesverhältnisse informiert werden, die über einen bestimmten Zeitraum, sagen wir ein Jahr, erprobt waren.

Aber der letzte und wichtigste, der wesentliche Grund für den Verzicht auf eine Vorstellung war auch zugleich der geheimste: Der ältere Bruder muss geahnt haben, obwohl er kein Spezialist für die Seele war, welches Drama folgen würde, und er wollte es seinem Bruder ersparen, den die kleinste Erkrankung, selbst eine Erkältung, in Panik versetzte.

Die Sonne wurde also Mitglied der Familie. Sie kam wehrlos und hatte nichts im Gepäck als ein achtjähriges Mädchen: Louise. Louise sah sich den Mann an, der ihre Mutter liebte, kniff die Augen zusammen, lächelte und beschloss, seine Freundin zu werden. Für immer.

Eines Tages waren die Sonne und ihre Tochter an Weihnachten da. Man begrüßte sie höflich. Man musterte sie aus den Augenwinkeln. Man fragte sich mehr oder weniger verstohlen, wie lange diese Sonne wohl strahlen würde.

Sie strahlte vier Jahre.

Eines Morgens – ich mochte schon damals die Vormittage nicht – schob ein Fachmann für schlechte Nachrichten in der Nähe des Boulevard périphérique der Sonne einen Spiegel in den Mund, genau hinter die beiden blauen Augen, und entdeckte dort einen verdächtigen Fleck.

Jene vier Jahre haben keine Geschichte. Vielleicht, weil das erfüllte Leben keinen Raum für Worte lässt. Und erst recht nicht für die Art von Andeutungen, wie es Erinnerungen sind.

Jene vier Jahre gleichen gewissen Nächten, den besten von unseren Nächten. Wir gehen ins Bett und schlafen ein, und einen Augenblick später wachen wir wieder auf. Wer glaubt schon, dass dieser Augenblick neun, zehn Stunden gedauert hat…? Trotzdem gibt es Zeugen dafür: den Wecker oder die Ehefrau oder das Tageslicht. Alle bestätigen es: Nie habe ich dich so gelöst erlebt.

Eines Tages kam sie. Mit Koffern, mit vielen Büchern (viel Geisteswissenschaft), mit einem Plakat von Miró («Ich habe mich nicht verändert»). Und mit Louise.

Eines Tages ging sie wieder fort. Ins Krankenhaus.

Zwischen diesen beiden Tagen sind anscheinend vier Jahre vergangen.

Noch heute beargwöhne ich alle Leute, die mir das versichern. Natürlich könnte ich mein Gedächtnis herbeizitieren. Ich könnte seine Augen hell erleuchten und ihm den Befehl erteilen, mir diese 1460 Tage bis in die kleinsten Einzelheiten zu erzählen. Es würde gehorchen, ich kenne mein Gedächtnis. Es wäre ihm ein Vergnügen, mir diese oder jene Szene, die Reisen, die Hochgefühle mit allen pikanten Details zu schildern.

Aber ich ziehe es vor, nur das Ganze in meiner Erinnerung zu bewahren: ihre Lebendigkeit, ihre Fröhlichkeit; das Unverhoffte und die Freiheit.

Täglich, oder fast täglich, auf alle Fälle jede Nacht, machten wir die Leinen los, segelten von Neuem über das Meer oder durch die Luft einem unbekannten Ziel entgegen. Stellen Sie sich vor: Neben meiner Schriftstellerei arbeitete ich damals als Verwaltungsrichter. Ich verbrachte meine Zeit mit der Flurbereinigung im ländlichen Raum, der Berechnung von Rentenansprüchen, der Finanzierung von Krankenhauskosten. Und dann platzte eine Sonne mitten hinein in diese Welt. Meinen Freunden zufolge verhielt ich mich nicht mehr sehr vernünftig. Mein Vorgesetzter im Staatsrat, Renaud Denoix de Saint Marc, sah mich mit einem seltsamen Ausdruck an. Ich verstand sehr wohl: Er machte sich Sorgen. Würde dieser verliebte Mann, dem seine Liebe so den Kopf verdreht hatte, noch vernünftig genug für klare Urteile sein? Zum Glück hatten meine Kollegen im Staatsrat ein Auge auf mich.

Jeden Morgen sahen der Alltag und seine Cousine, die Routine, die Sonne und mich in See stechen. Beide, der Alltag und seine Cousine, hatten sich mit verschränkten Armen auf dem Kai aufgepflanzt. Mit boshafter Miene versuchten sie nicht einmal mehr, uns zurückzuhalten. Man sah, wie ihre Lippen zuckten. Sie heckten etwas aus. So einfach lässt der Alltag seine Beute nicht laufen. Er würde alles tun, um uns den Kopf zurechtzurücken.

Für den letzten Monat hatte sie beschlossen, nach Hause zurückzukehren, in den äußersten Westen: Dahinter war nur noch der Ozean. Während der ersten Tage des letzten Monats konnte sie nicht mehr aufstehen.

Und dann ging sie plötzlich spazieren. Sie taumelte, sie schwankte und stürzte häufig. Doch sie ging spazieren. Zu jeder Tages- und Nachtzeit, ohne Ankündigung.

Die Familie frühstückte unter der Akazie. Da sahen wir sie kommen, weiß, eine magere, weiße Gestalt, und wie mager. Ein Schritt, Pause, der nächste Schritt. Es war ausnahmsweise windstill, und dennoch ging sie gebeugt. Wer hatte ihr den Strohhut aufgesetzt? Ihre Finger zitterten so sehr.

Die Kinder eilten ihr entgegen. Alle klatschten. Wir rückten zusammen, um ihr Platz zu machen. Willkommen bei uns, Geliebte, du hast uns einen schönen Schrecken eingejagt, aber der Albtraum ist vorüber, einen Fingerhut, willst du wirklich nur einen Fingerhut voll Wein? Dieser Wille, ans Leben zu glauben, war noch schmerzhafter als die Traurigkeit.

Sie blieb nur einen kurzen Augenblick bei uns. Dann stand sie wieder auf. So gut es ging. Lehnte jede Hilfe ab. Ein Schritt. Noch ein Schritt. Derselbe unmerkliche Wind blies sie an, sie beugte sich, neigte sich zur Seite wie ein Segel. Und der Boden schwankte. Sie legte sich wieder hin (sie fiel aufs Bett). Der Strohhut rutschte nicht vom Kopf.

Doch in der Regel zog sie es vor, nachts spazieren zu gehen. Wir wechselten uns ab, wachten am Bett. Ein Knarren. Ein Rascheln. Eine weiße Gestalt löste sich langsam, langsam aus den Decken. Sie machte sich wieder auf. Ging nie sehr weit. Immer kleinere Strecken. Ins Wohnzimmer, auf die Terrasse, in die Küche. Wir hatten den Gashahn draußen abgedreht wie bei Kindern. Sie runzelte die Stirn und gab sich Mühe. Sie betrachtete alles aufmerksam. Man hätte meinen können, sie redete. Vielleicht verabschiedete sie sich? Mit spanischen Worten, allein mit spanischen Worten. Schnell sank sie wieder nieder. Doch nie, bevor sie ihr Herz ausgeschüttet hatte.

Ich habe es erst später begriffen. Sie trainierte. Sie war Sportlerin gewesen. Hatte am Hochleistungssport geschnuppert (im 400-Meter-Lauf). Sie wusste, untrainiert war der Körper nur die Hälfte wert. Sie wusste, dass Training Willen voraussetzt, einen erbitterten Willen, aber auch Gelöstheit. Wo war im Willen Platz für Gelöstheit? Wie konnte man in der Gelöstheit den Willen niemals vergessen? Monatelang hatte sie sich widersetzt. «Es ist nicht gerecht.» «Es ist einfach nicht gerecht.»

Eines Morgens dann der plötzliche Wandel.

«Ich hab's kapiert. Ich muss hier weg. Ich ziehe um.»

Die Ärzte dachten, sie wolle das Krankenhaus wechseln. Sie waren vor den Kopf gestoßen.

«Fühlen Sie sich bei uns nicht gut aufgehoben?» «Woanders sind aber keine Betten frei.»

Auch wir sind ihr auf den Leim gegangen. Und so brachten wir sie in den Westen. Hier konnte sie sehr viel besser trainieren, sich auf den Auszug vorbereiten. Wie soll man auch in einem mit Lackfarbe gestrichenen, mit Kunstleder verkleideten Flur für den Auszug trainieren?

Die Spaziergänge waren ihr Training. Sie trainierte für ihr neues Land. Sie trainierte dafür, ihren Körper zu verlassen. Sie trainierte für eine andere Sprache. Vielleicht dachte sie, in dem neuen Land, in das sie gehen würde, spreche man Spanisch?

Sie trainierte dafür, ein Gespenst zu werden.

«Ich bitte Sie, Monsieur!»

Als ich das letzte Mal mit ihr sprach, zählte die Zeit. Die beiden Sanitäter, der Fahrer des Krankenwagens und sein Begleiter, warteten ungeduldig.

«Sie sind nicht der Einzige auf der Welt!»

Ich hatte ihre Hilfe abgelehnt. Ich hatte sie aus dem Bett gehoben. Sie war leicht, so leicht. Ich wollte sie ein wenig herumtragen, ihr den Garten zeigen, sie ein letztes Mal den Duft der Linden schnuppern lassen. Ich stellte mir vor, dass ihre Nase in den kommenden Stunden, Monaten, Jahren nicht besonders beglückt würde. Der Schein des Blaulichts strich immer wieder über die Akazie, als hätte sie es ihm angetan.

Die beiden Fahrer murrten:

«Soll sie noch heute ins Krankenhaus oder erst morgen?» «Wenn Sie sie hierbehalten wollen, hätten Sie nicht anrufen müssen!»

Logisch.

Ich gab ihnen ein Zeichen, dass ich gleich käme. Und genau in diesem Augenblick, als ich sie zur Trage zurücktrug, konnte ich mit ihr sprechen. Zwei Sätze, zwei lange Sätze vielleicht, aber nur zwei. Wie gesagt, die Zeit zählte.

Zuerst habe ich sie beglückwünscht. Bravo, mein Liebling, so leicht, so federleicht, das Schlimmste hast du hinter dir, man kann sagen, du hast deinen Umzug geschafft, noch eine winzig kleine Anstrengung, dann bist du ein Gespenst, viel Glück in deinem neuen Leben!

Mit dem zweiten und letzten Satz schlug ich ihr ein Wiedersehen vor. Es war derselbe Vorschlag wie bei unserer ersten Begegnung, der diese unwahrscheinliche Verkettung in Gang gesetzt hatte, die man Liebe nennt. «Wie wäre es, wenn wir zusammen essen gingen, wenn wir uns wiedersähen?» Damals hatte sie nicht zugesagt. Sie war einfach gekommen. Pünktlich. Ins Restaurant *Erawan*, Rue de la Fédération, Nummer 76.

Wir werden uns wiedersehen, ich schwöre es dir, egal, wohin du gehst.

Dieses Mal schlug mein Beinahe-Gespenst, meine leichte, federleichte Frau die Augen auf, ich meine, sie öffnete gerade so die Lider, einen Spalt weit. Wahrscheinlich gab es für sie noch viele andere Dinge zu sehen außer meinem breiten, über sie gebeugten Gesicht.

Bis an mein Lebensende werde ich mich fragen, ob sie mich gehört hat.

«Wir sind so weit, meine Herren.»

«Wird aber auch Zeit.»

«Glauben Sie wirklich, die Sirene ist nötig?»

«Lassen Sie das ruhig unsere Sache sein.»

Eines Tages, kurz vor dem letzten Umzug an die Atlantikküste, traf der Mann, der die Sonne liebte, Louise in einem Haufen aus Kleidern, Büchern, Stofftieren und Plakaten von Boy-Groups an.

«Was machst du?»

«Meine Mutter wird sterben.»

«Woher weißt du das?»

«Du glaubst wohl, ich bin doof.»

«Und dann?»

«Ich gehe zu meinem Vater.»

«Du kennst ihn doch kaum.»

«Er ist mein Vater.»

Einen Moment lang dachte ich, ich wäre blind geworden: Louise hatte das Licht gelöscht, als sie ging.

Whisky ist das Gebräu, das Gott den Menschen männlichen Geschlechts geschenkt hat, um ihnen in die Nacht hineinzuhelfen. Für besondere Fälle, für diejenigen, die sich schon immer, von Kindesbeinen an, entsetzlich vor der Dunkelheit gefürchtet haben und deren Qualen im Laufe der Jahre immer furchtbarer werden, hat Gott dem Whisky den Geschmack von Torf beigegeben. Torf ist ein leichter, schwammartiger Stoff, ein Produkt der Zersetzung von Pflanzen unter Luftabschluss. Der Torf nimmt Sie in seine Arme. Er ist wie eine Wiege. Wen der Torf nicht zur Ruhe bringt, der wird niemals Frieden finden.

An jenem traurigen Abend, dem Vorabend des noch traurigeren Tages, rührte ich mich nicht mehr vom Fleck. In den vergangenen Monaten war ich so viele und so weite Wege gegangen, jedenfalls kam es mir so vor. Zwischen Leben und Tod liegt nur eine kurze Strecke, und dennoch wird so viel Wirbel gemacht, um dem Schicksal zu entkommen. Besuche, zahllose Besuche bei zahllosen Ärzten, alles Spezialisten. Ich hatte keine Ahnung, dass es so viele Spezialisten auf der Welt gibt. Und die Fahrten. Zahllose Fahrten. Vom Krankenhaus nach Hause. Von zu Hause ins Krankenhaus. So viele Kilometer, Stunden, stundenlangen Staus, und so wenig Abstand vom Ende. Warum nur haben Menschen, die eine Verdammte begleiten, den Eindruck, sie durchquerten jeden Tag eine neue Wüste? Wie viele Wüsten gibt es auf diesem Planeten, und warum sind alle diese Wüsten endlos?

Wie jeden ersten Montag im Monat, ungeachtet aller

Umstände, kam am Abend, zwischen fünf nach sieben und halb acht, Madame Maudez, um den Fußboden zu wischen. Ächzend wischte sie über die Eichendielen mit einem glänzenden, gelben Scheuertuch, das sorgfältig um das Ende eines Besenstiels gewickelt war.

Freunde und Verwandte waren gegangen.

«Können wir dich wirklich allein lassen? Wäre es nicht besser, wenn jemand dabliebe?»

Am nächsten Tag würden sie wiederkommen: Wir holen dich zum Frühstück im Hafen ab – wann ist noch mal die Trauerfeier?

Ich rührte mich nicht mehr. Ich brauchte niemanden anzurufen. Meine treuesten Verbündeten kümmerten sich schon um mich. Der wackelige Sessel machte es meinem Hintern bequem, und der torfige Whisky beruhigte meine Seele. Als mich endlich der Schlaf holte, war der Sessel auch meinem Kopf eine Stütze. Freundschaft, wahre Freundschaft, erkennt man bei einem Sessel an seinen allzu anhänglichen Federn, die unter dem Bezug aufragen. Und an seinen Ohren. Die Ohren eines Sessels sind Handflächen, in die müde oder traurige Menschen ihre Stirn legen.

Pünktlich zur gewohnten Stunde knarrte der Schlüssel von Madame Maudez im Schloss.

«Aber Madame Maudez, das wäre doch nicht nötig gewesen ...»

«Lassen Sie mich nur machen.»

Man muss Madame Maudez immer machen lassen. Madame Maudez kümmert sich um alles. Um die Wäsche, den Einkauf, die Küche, die Einrichtung (leider!) ... Madame Maudez würde sich auch um den Tod kümmern.

«Mit dem Tod kenn ich mich aus.» (Gibt es etwas, womit Madame Maudez sich nicht auskennt?)

«Man muss dem Tod seinen Platz geben. Und dann weiterleben.» (Wie alle Menschen, die gerne aufräumen, ist Madame Maudez besessen von der Idee der Gerechtigkeit: Sie gibt jedem Gegenstand den Platz, der ihm gebührt, jedem seinen Platz, aber mehr auch nicht. Wenn ich Madame Maudez eine echte Freude machen wollte, würde ich ihr einen Auftrag besorgen, den Flohmarkt aufzuräumen.)

«Madame Maudez, meinen Sie nicht, das Parkett kann warten?»

«Heben Sie das rechte Bein an. Gut. Und jetzt das linke.» (Madame Maudez antwortet nie auf Fragen. Sie handelt. Und ist dabei ganz Philosophin.)

«Sie haben Glück, dass Sie den Leichnam haben. Ein Toter hat immerhin einen Leichnam. Ein Verschollener nicht mal das. Der Bruder meines Mannes war Fischer. Man hat seine Leiche nie gefunden. Viele Fischer verschwinden. Würde es Ihnen etwas ausmachen, mir beim Aufrollen des Teppichs behilflich zu sein? Himmel, er ist so schwer! Und bei Ihnen, wo ist der Leichnam Ihrer Frau jetzt? Früher hätte sie dort geruht, wo Sie jetzt sitzen, im Wohnzimmer. Aber heute … kommen alle ins Leichenhaus! Das ist die Mode. Wegen der Hitze, werden Sie jetzt sagen. Dort kann man sie kühlen. Waren Sie bei Ihrer Frau? Haben Sie ihren Leichnam gesehen? Wie oft?»

«Einmal.»

«Einmal ist kein Mal. Ich sage dazu nur … Sie werden es bedauern. Wenn man den Leichnam sieht, weiß man, was der Tod ist. Mehr als ein Verschwinden. Kommen Sie, wir gehen.»

«Wohin?»

«Ich bringe Sie hin. Ich kenne den Chef, er ist ein ehemaliger Kollege meines Mannes, sie sind zusammen zur See gefahren. Auf einem Kabellegerschiff. Er überlässt mir den Schlüssel.»

Der torfige Whisky ist sich mit dem Ohrensessel einig: Wir würden gerne hierbleiben, alle drei, unter Freunden, uns nicht bewegen, aber wie könnte man sich Madame Maudez widersetzen?

Madame Maudez fährt gern Auto. Sie besitzt eine Art Super-Ente, einen Ami 6, der sich in die Kurven legt. Sie fährt wie eine Irre. Und schon sind wir in der neu errichteten Leichenhalle. Es riecht noch nach Farbe. Und als wir das Licht anknipsen, ertönt sanfte Musik.

Madame Maudez ist zufrieden: Ein Leichnam ist da, liegt vor uns, der Körper einer Frau. Ein Körper, der diese sanfte Musik nicht ausstehen kann, dessen bin ich sicher. Zum ersten gemeinsamen Abendessen in der Rue de la Fédération hatte sie mir Mano Negra mitgebracht. Ich höre noch, wie sie sich über mich lustig machte: «Diese Mischlingsmusik bringt Ihr Universum durcheinander, hab ich recht?»

Madame Maudez ist für einen Augenblick still geblieben. Ich bin ihr von ganzem Herzen dankbar dafür. Ich weiß, welche Mühe es sie kostet, nicht zu reden. Ich weiß, dass es irgendwann zu viel für sie ist. Sie gibt auf:

«Sie weinen? Ausgezeichnet! Das ist der Vorteil, wenn man Ihnen den Leichnam zurückgibt. Ein Leichnam rührt zu Tränen. Ich werde Sie jetzt allein lassen, oder soll ich Sie zurückbegleiten?»

Der Torf und der Ohrensessel warteten so ungeduldig auf mich, dass ich einen Moment lang überzeugt war, sie hätten mir ein Abendessen bereitet.

Und so begann schließlich der Tag.

Ich habe seine Schliche verfolgt.

Ich weiß alles von ihm, dem Tod, ich sah ihn auf die Welt kommen.

Es war an einem Morgen in der Sprechstunde. Der Arzt beugte sich über sie, senkte den kleinen runden Spiegel in den Mund meiner Sonne, direkt hinter die blauen Augen, er sah hinein und schüttelte den Kopf. Meine Frau begann zu zittern. Ich weiß jetzt, was es heißt zu zittern: Meine Hände lagen auf ihren Schultern. In diesem Augenblick kam der Tod zur Welt, noch bevor die Diagnose gestellt war, noch bevor die schreckliche Operation anberaumt wurde.

Und dann spürte ich, wie er mit den Behandlungen und den Kontrollbesuchen wuchs, das heißt, mit den enttäuschten Hoffnungen.

Anfangs gab er sich unscheinbar, schlich sich in die Sätze ein, die mir vor allem nachts, gegen vier Uhr früh einfielen: Und wenn sie doch? Wenn alle diese Qualen nutzlos wären? Wenn die Ärzte nichts ausrichten könnten? Und wenn? Und wenn? Eine unterordnende Konjunktion, eine einfache Konjunktion. Zwei winzige Worte, um eine Annahme auszudrücken, die immer düsterer, immer gewisser wurde.

Glauben Sie mir, am Ende hatte er sich bei uns breitgemacht. Er ließ uns nicht mehr in Ruhe, hängte sich an uns wie unser Schatten. Er höhnte: Wenn ich du wäre, würde ich deine Frau genau ansehen, ich würde möglichst viel von ihr aufnehmen, von ihrer Anmut, ihrer

 Fröhlichkeit, ihren blauen Augen, ihrer Poesie ... Denn bald wird es zu spät sein.

In der Kirche schlich er triumphierend um den Sarg; aus den Augenwinkeln belauerte er seine künftige, bald fällige Beute, meine Mutter, meinen Vater, und dann uns alle, er wusste, dass er sich Zeit lassen konnte, er hatte uns schon am Schlafittchen.

Einmal nutzte er einen meiner unterdrückten Schluchzer und stürzte sich auf mich. Ich hätte ihn gerne empfangen: Fühlen Sie sich wie zu Hause, Sie sind es ohnehin schon. Doch meine beiden Schutzengel, meine Kinder, wehrten ihn ab: Von Tagesanbruch an waren sie nicht mehr von meiner Seite gewichen, Judith zu meiner Linken, Sébastien zu meiner Rechten. Ihre Hände ruhten fest auf meinen Schultern, jetzt wissen bestimmt auch sie, was es heißt zu zittern.

Er war nicht beharrlich.

Er zog weiter, um jemand anderen zu reißen. Wir wussten, er würde wiederkommen.

Sie müssen wissen, bevor Sie sich auf mich einlassen, mit wem Sie es zu tun haben, denn sind Sie erst einmal mit mir zusammen, werden Sie ein Teil von mir, deshalb muss ich Ihnen sagen, auch wenn ich dieses Geständnis seit dem ersten Tag, seit dem ersten Augenblick hinauszögere, seit ich bei Ihrem Anblick ganz leise ausrief, sie ist es, sollte sie so närrisch sein, mich zu wollen, dann ist sie es, deshalb muss ich Ihnen sagen, dass ich noch etwas zu erledigen habe, was aus der Zeit vor Ihnen stammt, dass ich etwas fortführen muss, von dem ich nicht weiß, ob ich es je zu Ende bringen werde, Sie müssen wissen, selbst wenn Sie dann die Flucht ergreifen, was ich gut verstehen könnte, Liebste, Sie müssen wissen, bevor Sie sich auf mich einlassen, dass in mir etwas begraben ist, dass mein Grab aber nicht mit Gras bedeckt ist, wie es Gräber üblicherweise irgendwann einmal sind, sondern noch immer offen steht.

Ich habe mich immer gefragt, ob Gespenster Briefe öffnen, ob sie Umschläge über Dampf halten, ob sie zwischen die Seiten schlüpfen? Man sollte sich einmal beim Sicherheitsdienst der Post erkundigen.

Solange ich auf die Antwort warte, die letzten Endes nicht maßgeblich ist, schreibe ich Ihnen, Gespenstern liegt nichts an Indiskretionen, sie kennen uns ohnehin besser als jeder andere, ich wage es, Ihnen zu schreiben, ich habe schon zu lange gewartet.

Öfter als anderswo ballen sich die Wolken an diesem Ende der Welt, der äußersten Westspitze Europas.

Doch an jenem Tag war der Himmel am Morgen wie leergefegt. Und da ich am Vortag alles geregelt hatte, war ich ganz ruhig: Ich musste nur noch der Bewegung folgen.

Der Bestatter war ein ehemaliger Fischer, der ein Bestattungsinstitut eröffnet hatte, als die europäischen Fangquoten seinem Gewerbe den Todesstoß versetzt hatten.

«Manche Angehörige wollen den Sarg selbst tragen. Ich rate Ihnen davon ab.»

Jetzt entfernt sich der Sarg von der Kirche, verlässt das Dorf, geht fort zu einem Feld, zum neuen Friedhof, der dort hinten zwischen den Tomatengewächshäusern liegt, weil auf dem alten kein Platz mehr ist. Eine große, helle Holzkiste auf den Schultern von vier Angestellten im Sonntagsstaat.

Vier – das ist genau die Anzahl der Männer, die sie geliebt haben. Beim ersten, dem allerersten, war sie fünfzehn Jahre alt, er einundzwanzig. Er wartete einfach vor dem Schultor auf sie, mit einer Zigarette in der Hand, auf seiner Triumph. Der zweite, ihr Ehemann und Louises Vater, war ein Riese und Lehrer aus Leidenschaft. Sie hatten sich in einem Zirkus kennengelernt, bei dem er als Lehrer unterrichtete. Nicht in irgendeinem Zirkus, es war der Cirque Arlette Gruss gewesen. Der dritte Mann, eine lange und qualvolle Leidenschaft, hatte Frau und Kinder. Der vierte und letzte war ich, der ich versucht hatte, ihr Frieden zu schenken, vergeblich.

Und jetzt marschieren alle vier unter diesem blauen Himmel, versprengt in der kleinen Schar.

Gelobt sei der Rat des Bestatters, den Sarg von Sargträgern tragen zu lassen. Wie soll man im Übrigen zu viert einen Sarg tragen, wenn einer der vier ein Riese ist?

Der Weg ist weit. Wegen der Tomatengewächshäuser, die die Landschaft überziehen, hat es für den neuen Friedhof offenbar kein Grundstück gegeben, das näher an der Kirche lag. Auf See sorgt der Wind für Kühlung. Doch an Land haben die Männer ihre Jacken ausgezogen. Der Sarg glänzt unter der Sonne. Ob Madame Maudez heute Morgen noch einmal gekommen ist, um ihn zu wachsen?

Der Sarg brennt mir in den Augen. Ich darf mich zurückfallen lassen, nicht wahr? Er kommt auch ohne mich voran.

«Wie unaufmerksam der letzte Gefährte der Toten ist», müssen die Leute denken. «Wie lange waren sie zusammen? Vier Jahre? Bloß vier Jahre? Klar, dann wirft ihn die Trauer nicht gleich um. Ist auch besser so für ihn.»

Der Bürgermeister ist gekommen, nicht etwa wegen meiner Frau oder ihrer Familie, sondern wegen des neuen Friedhofs. Ein gewissenhafter Repräsentant der Bürgerschaft muss sich vergewissern, ob die neue Einrichtung ihren Zweck erfüllt. Er betrachtet alles, nickt zufrieden mit dem Kopf. Seine Lippen bewegen sich, er rechnet im Kopf, Gesamtfläche, Größe eines Grabs, geteilt durch, schreibe drei, behalte acht, wie viele Tote werden wir hier noch bestatten können? Beim Anblick der Reihe viel zu junger Pappeln (es wird noch lange dauern, bis sie den Toten Schatten spenden) verzieht er kurz den Mund, ein unmerkliches Zucken mit den Schultern, was kann ich dafür, wenn die Dorfgemeinschaft schneller stirbt, als unsere Bäume wachsen? Wieder bewegen sich seine Lippen.

Achtung, ich nähere mich der Familie. Beileidsbekundungen waren noch nie meine Stärke. Was könnte ich sagen? So jung zu sterben! Eine so schöne junge Frau! Immer sachlich bleiben. Zum Glück sind meine Augen immer gerötet.

Ich achte nicht nur auf den Bürgermeister. Ich lasse auch die drei früheren Geliebten nicht aus den Augen, die Jugendliebe, den Ehemann, den verheirateten Liebhaber. Keiner ist als Redner vorgesehen. Aber man weiß nie. Es gibt immer Leute, die sich hervortun wollen, Leute, die in die Geschichte eingehen wollen, indem sie das letzte Wort sprechen. Im Herzen meiner Sonne waren sie zwar meine Vorgänger (daran hat man, soviel steht fest, schwer genug zu schlucken), aber es kommt nicht in Frage, dass einer dieser hemdsärmeligen Herren Ansprüche stellt und eine vorrangige Stellung einnimmt.

Mein Bruder wäre beinahe nicht zur Beerdigung gekommen.

Ich kann ihn verstehen. Er hatte sich gegen diese Krankheit gesperrt, er wollte nicht an den Tod glauben. Wenn schon die Geliebten, selbst die von untergeordneter Bedeutung (die Stücke im Stückwerk Liebe), anfangen krank zu werden und schließlich sterben, wer will da noch glauben, dass der Adel der Liebe (die einzige Liebe) nicht eines Tages ebenfalls heimgesucht wird?

Mein Bruder ist vor allem Arzt. Und kennt sich aus in der Geschichte. Er weiß, dass die Pest ganze Dörfer hinwegraffte und die Burg des Herrn dazu.

Ich habe ihn angerufen. Ich habe mich zusammengerissen und mit besonders sanfter Stimme gesprochen:

«Wenn du nicht kommst, besuche ich dich nicht mehr.»

Ich war sehr zufrieden mit meiner sanften Stimme. Ich glaube, ich habe nie zuvor so sanftmütig geklungen.

Ich spürte sein Zögern am Ende der Leitung. Er kennt mich, er weiß, dass ich zwar meine Gefühle zerstückelt habe, aber niemals meinen Willen. Wenn ich etwas beschließe, bleibe ich dabei. Vielleicht gibt es da einen Zusammenhang? Vielleicht verschlingen einander die einzigartigen Dinge in uns? Vielleicht verschlingt die einzige Liebe den einzigen Willen und umgekehrt?

Am nächsten Morgen sah ich sein weißes Hemd am Meer. Ich weinte. Und schwor mir, nicht wieder zu weinen, bis es Abend würde.

Ich hielt Wort. Mein einziger Stolz an diesem Tag.

Die eben noch so übermütigen Sargträger haben ihren Schritt verlangsamt. Der Sarg auf ihren Schultern schwankt. Im Grunde hätte der Trauerzug übers Meer fahren sollen, so weit, wie der Weg war. Ich bin sicher, das Wasser hätte ihn gut getragen. Im 5. und 6. Jahrhundert kamen Heilige aus Irland, um das Evangelium in der Bretagne zu verbreiten. Sie setzten mit dem über, was sie fanden, kamen in Tränken oder Steintrögen übers Meer.

Am liebsten wäre es mir, wenn jetzt alle verschwänden.

«Und der Sarg?», würden mich die Sargträger fragen.

«Setzen Sie ihn vorsichtig im Gras ab. Ich kümmere mich um ihn. Danke für alles (einen Schein in die Westentasche jedes Sargträgers). Auf Wiedersehen, ihr alle, und danke, dass ihr so zahlreich gekommen seid.»

Vor langer Zeit muss hier einmal ein Radrennen durchgekommen sein. Die Anfeuerungen, die man auf den Asphalt gemalt hat, sind kaum noch zu entziffern.

Ich würde mit ihr im Sarg sprechen. Im Leichenhaus habe ich mich nicht getraut. Die süßliche Musik verhinderte alles. Ich habe es versucht, aber die süßliche Musik zuckerte die Worte, Sirup rann über die Sätze. Es lohnte sich nicht weiterzureden. Ich habe sofort aufgehört.

Ich werde mit ihr sprechen, und dann brechen wir einfach auf, der Sarg und ich, nur wir beide. Wir sind nicht oft genug zusammen aufgebrochen, sie und ich, nur wir beide. Es wird höchste Zeit.

«Wir sind angekommen.»

Der Herr der Trauerfeierlichkeiten, der umgeschulte ehemalige Fischer, lächelt mir zu. Die Haut seines Gesichts ist gegerbt, der Teint seines früheren Berufs. Ob ihm bis zur Rente noch Zeit bleibt, um so blass zu werden wie die echten Bestattungsunternehmer?

Der Sarg, mein Sarg, mein Gefährte, wird über den Parkplatz getragen. Ein riesiger Parkplatz. Die Behörden waren vorausblickend. Entweder werden die Franzosen viel sterben. Oder die Überlebenden werden sich in Scharen für die Toten interessieren.

Die drei Geliebten, Monsieur Jugendliebe, Monsieur

Ehegatte und Monsieur Leidenschaft, rücken zusammen.

Der ehemalige Fischer hat nichts begriffen. Wenn er in seinem neuen Geschäft erfolgreich sein will, muss er ein Gespür für die Wünsche seiner Kundschaft entwickeln, selbst für die unausgesprochenen.

Der Sarg.

Ich hatte leise, zu leise gebeten, dass man ihn aufs Gras stellt. Dass man ihn nicht in das Loch fallen lässt. Wie soll ich jetzt mit ihm verreisen?

Außer Madame Maudez sind alle da. Madame Maudez hasst es, wenn man etwas schmutzig macht. Sie hätte es nicht ausgehalten, dass man diese ganz und gar nicht saubere Erde auf den Sarg wirft, zuerst die trockene, die vom Holz abprallt, und dann die feuchten Klumpen, sie zerplatzen mit einem Klatschen, es platscht wie bei Schlamm oder Regen. Man scheint Gefallen an dem Schauspiel zu finden. Obwohl es nichts zu sehen gibt, beugt man sich über das Grab, um etwas zu sehen. Denn jeder fragt sich: Wo ist sie? Sie hat uns alle einberufen, keine Widerrede, Donnerstag, 30. Juni, 15 Uhr am äußersten Zipfel Europas, danach kommt Amerika. Und niemand ist hier, um uns Tee zu servieren. Wo sind ihre blauen Augen? Wo ist ihr Lachen?

Anscheinend habe ich mich gut benommen. Ich habe alle Hände geschüttelt. Verrückt, wie viele Hände eine Familie hat. Ihre Familie. Meine Familie. Und die vielen Freunde, die einzig wahre, weil selbst ausgesuchte Familie, nicht wahr? Sogar wenn ich jemanden umarmte, schüttelte ich ihm die Hand. Um im Rhythmus zu bleiben. Ich sage Ihnen, ich schüttelte ausnahmslos alle Hände, auch die der vier Sargträger, die auf dem Weg mit den Babypappeln (auf deren Schatten man noch mindestens zwanzig Jahre warten muss) schwitzend in aller Bescheidenheit von einem Bein auf das andere traten. Ich schüttelte sogar die Hand der Jugendliebe. Und die des Ehemanns. Nur die des dritten (des leidenschaftlichen) Liebhabers nicht. Der dritte Geliebte und ich, wir gingen Seite an Seite. Man hätte sagen können: Sehen Sie, ihr dritter und ihr vierter Mann gehen Seite an Seite. Ja, auch an jenem Tag gingen der dritte und der vierte Geliebte wie an vielen anderen Tagen und schon seit langer Zeit Seite an Seite, denn der dritte Geliebte war mein Freund und ist mein Freund geblieben. Trotz der Liebe. Dank des gemeinsamen Weges.

Fast hätte ich den Bestattungsunternehmer, den ehemaligen Fischer mit der gegerbten, zu stark geröteten Haut, zur Rechenschaft gezogen. Fast hätte ich ihm gesagt, er solle sofort aufhören, das Grab zuzuschütten, und uns, dem Geliebten Nummer drei und mir, der Nummer vier, den Sarg zurückgeben. Wir würden uns besser um ihn kümmern als die Erde und viel fröhlicher. Die Verstorbene hat sich die ganze Zeit bewegt, was glauben Sie denn, eine Frau, die sich ständig danach gesehnt hat zu tanzen! Wir hätten sie beide auf eine Reise mitgenommen, trunken gemacht mit Musik, Manu Chao und Monteverdi, wir hätten sie mit ihren Lieblingsgeschichten unterhalten, mit Bettgeschichten.

Ich konnte mich gerade noch so zurückhalten.

Meine Kinder hatten Angst um mich, vielleicht auch Angst vor mir. Sie nahmen mich zur Seite, führten mich auf der anderen Seite der Tomatengewächshäuser zum Meer.

Der ehemalige Fischer muss mich wohl trotzdem gehört haben. Die Trauerfeier lief weiter, wie ich es gewünscht hatte.

Ringsum schlagen Türen, Motoren springen an. Das Leben beginnt wieder.

«Soll ich dich nach Hause begleiten?»

«Danke, aber ich will ein wenig allein bleiben.»

«Ich verstehe. Kommst du klar?»

«Ich komm klar.»

Ich bleibe allein auf dem viel zu großen, viel zu neuen Friedhof zurück. Die Pappeln sind zu klein. Es ist nicht ihre Schuld. Und sie? Wo ist sie?

Wir treffen uns regelmäßig, der Geliebte Nummer drei und ich. Wir essen zusammen, an der Küste des Ärmelkanals oder bei ihm, an einem Fluss. Wir haben unsere Orte. Vertraute Orte, die unsere Freundschaft bereichern, soweit es möglich ist. Auf jeden Fall hat unsere gemeinsame Liebe für die Sonne unsere Freundschaft bereichert. Trotz der Eifersucht. Dank dem Großmut des Geliebten Nummer drei. Wir haben unsere Rituale. Am Anfang sprechen wir immer über etwas anderes: über die Politik, die Kinder, unsere sechs Kinder. Wenn man uns zuhört, könnte man meinen, wir hätten sie zusammen.

Die Tote wartet und lässt uns unsere Männergespräche führen. Irgendwann stellt sich immer Schweigen ein. Sie weiß, jetzt ist der Augenblick für sie gekommen, uns Gesellschaft zu leisten.

Sie setzt sich zu uns, lächelt uns an.

«Alles klar?»

Sie nimmt jeden von uns an der Hand.

Vor der Terrasse ist die Nacht erstarrt. Stufenweise ist sie dunkler geworden, bis sie ganz schwarz war. Kein Mond, keine Sterne. Meter um Meter ist die Nacht herangerückt. Von der größten Ferne bis zum Haus hat sie alles verschlungen, erst die Strandkiefer auf der Düne, dann den geflochtenen Weidenzaun, den Hühnerstall, schließlich Baum für Baum die kleine Obstwiese, drei Apfelbäume, den kälteempfindlichen Pfirsichbaum, auf dessen erste Früchte wir noch immer warten, und den Pflaumenbaum, der rundum in einen Verband gewickelt ist wie ein Schwerverletzter: Er trug zu viele Früchte, seine Äste bogen sich herab, der Stamm bekam Risse.

Und jetzt ist die Nacht da. Sie steht starr, wie Tiere erstarren können. Der Geruch verrät ihre Gegenwart. Und die Stille. Wenn große Tiere stillhalten, ist es wie ein Atmen.

«Du solltest …»

«… schlafen gehen.»

I cima de la delicia,
Todo en el aire es pájaro.

Auf dem Gipfel unserer Lust
Ist die Luft voller Vögel.

Sí, tu niñez, ya fábula de fuentes.

Ja, deine Kindheit ist schon eine Sage im Mund der Quellen.

«Was? Du kennst Jorge Guillén nicht?»

Meine Frau (die Sonne) hat mir so viele Türen aufgestoßen. Sie hat mir zum Beispiel beigebracht, dass die spanische Dichtung ein Land ist, das mit Schlössern übersät ist. Und dass in diesen Schlössern Schätze verborgen sind, das heißt unentbehrliche Wahrheiten, verkleidet als Düfte, Melodien, Echos, Gärten … Und dass drei dieser Schlösser mehr Schätze bergen als alle anderen: das Schloss Guillén, das Schloss Lorca und das Schloss Alberti. Verzeih, Gabriel, es gibt zweifellos noch andere sehr reiche Schlösser. Ich bin erst zweiundvierzig, ich hatte noch nicht genug Zeit, um mir alle anzusehen. Begleitest du mich?

Bevor wir abends das Licht löschten, lud sie mich häufig auf einen Spaziergang zu einem dieser Schlösser ein.

«Du wirst sehen, danach schläfst du besser.»

Kaum dass sie durch das Portal schritt, war sie schon Feuer und Flamme:

«Hör dir das an. ‹Hinter den reglosen Scheiben spielen die Mädchen mit ihren Träumen.› Halt, Gabriel, bitte, schlaf noch nicht ein! Es ist nicht lang. Hör zu: ‹Ich möchte schlafen den Schlaf der Äpfel, / fern dem Tumult der Friedhöfe.› ‹Quiero dormir el sueño de las manzanas, / alejarme del tumulto de los cementerios.›»

Ich fühlte mich beschützt wie ein Kind, das weiß, dass die Lampe anbleibt. Was konnte ich dafür, dass ich zu früh einschlief? Wenn mir trotz meiner Anstrengung die

Augenlider zufielen, hörte ich sie seufzen. Frauen erwarten von Männern, dass sie durchhalten. Sie sollten begreifen, dass sie damit einen Frieden bekämpfen, den sie, sie allein und nur sie, uns Männern geschenkt haben.

Seit meine Kinder sich um mich kümmern, weichen sie nicht mehr voneinander. Für den kleinsten Handgriff oder die kleinste Äußerung tun sie sich zusammen. Der eine beendet den Satz, den der andere begonnen hat. Ich glaube, auf dieselbe Art und Weise tut man sich zusammen, wenn man das Bett eines Kranken macht oder seine Kissen aufschüttelt. Vielleicht wollen sie auch die Bösewichter aller Art, ob lebende oder tote, warnen, dass sie sich noch so viele Tricks ausdenken können, gegen den unverbrüchlichen Kern der Familie O. würden sie nie ankommen.

Wie vorauszusehen, erwartet mich im Schlafzimmer die Nacht. Ich weiß, es nützt nichts, ihr den Rücken zu kehren oder die Lampen anzumachen. Und vom torfigen Whisky ist kein Tropfen mehr da.

«Willst du …»

«… dass wir bei dir schlafen?»

Für wen halten meine guten Kinder ihren Vater eigentlich? Als ob man mit sechsundfünfzig noch Angst vor der Nacht hätte. Warum nicht gleich ins Bett machen, wenn sie schon dabei sind?

«Kommt nicht in Frage.»

Sie rücken also ab. Um gleich darauf wieder dazustehen, jeder mit einer dieser Luftmatratzen im Schlepptau, auf denen man, geschaukelt von türkisfarbenen kleinen Wellen im Schwimmbad und die Nase entzündet von den Chlorausdünstungen, die schönsten Ferien der Welt verbringt.

«Du kannst …»

«… das Licht löschen, Papa.»

Im Vergleich mit der Nacht hat das Meer den Vorteil, dass es brausen, wüten, emporsteigen, sprühen, spritzen, sich mit dem Wind verbünden und grollen kann, soviel es will, es bleibt insgesamt an seinem Platz und überschwemmt nicht alles. Die Nacht, selbst die ruhigste aller Nächte, umhüllt und durchdringt einen. In der Nacht gibt es weder oben noch unten. Das Schiff, das auf der Nacht schwimmen kann, muss erst noch erfunden werden. Und es gibt keinen Hafen, in dem man vor der Nacht sicher ist.

Im Vergleich mit dem Meer hat die Nacht den Vorteil, dass sie vom Morgengrauen verjagt wird, während das Meer bleibt. Sobald es etwas heller wurde, sangen die Vögel ein Lied, das ich nicht kannte, die Melodie war etwas unordentlich, hörte sich aber fröhlich an.

Ich kann meinen Blick nicht von meinen beiden Kindern losreißen, meinen Schutzengeln, die auf ihren Luftmatratzen ausgestreckt schlafen. Meine Tochter auf dem Rücken, zuversichtlich, mit leicht geöffnetem Mund. Sie sieht aus, als lächele sie. Mein Sohn dagegen rollt sich ein wie ein riesiger Fötus, ein Kerl von einem Meter dreiundachtzig, der sich mit Bedauern an die süße Zeit im Mutterleib erinnert.

Sie sind spät aufgestanden. Teenager nerven Erwachsene immer damit, dass sie viel zu spät aufstehen.

«Hast du ...»
«... schlafen können, Papa?»
«Jedenfalls hast du ...»
«... geschnarcht.»

Es war einmal ein König, den Leichen störten.

Dabei war dieser König allmächtig, herrschte über die reichste Nation Europas, wohnte im luxuriösesten aller Paläste, umgeben von den leidenschaftlichsten Höflingen, die die Welt je gesehen hatte, Männern ebenso wie Frauen (die zweifellos in der Mehrzahl waren).

Doch nichts konnte Ihn ablenken. Weder der Ruhm des Heeres noch der Trost der Religion. Nicht die Musik von Lully und auch nicht der Duft der Blumenbeete, die ihm zuliebe jede Nacht aufgefrischt wurden. Er dachte immer nur an diese Leichen.

Obwohl die Leichen, die den König störten, schwiegen wie alle Leichen. Doch ihr Schweigen war schlimmer als ein Vorwurf, schlimmer als jeder Tadel: Es war der Ausdruck von Gleichgültigkeit.

Zum größten Teil waren es Frauenleichen, Leichen von untadeligen Nonnen. Ihr ganzes Leben hatten sie sich nur für die Gnade interessiert, die göttliche Gnade. Den ganzen Tag und die halbe Nacht hatten sie diese unlösbare Frage diskutiert. Es gab keinen Grund, warum sie ihre Gespräche nach dem Tod nicht fortsetzen sollten. Ich brauche Ihnen nicht zu sagen, dass sie sich bei dieser Beschäftigung über die Versailler Prachtentfaltung lustig machten und ebenso über die Liebedienerei, die solche Prachtentfaltung immer mit sich bringt. Schlimmer noch: Sie waren Demokraten. Sie wählten ihre Oberin, in vollkommener Unabhängigkeit. Dieses Benehmen empörte den König, selbst bei Leichen.

Eines Tages hielt Er es nicht mehr aus. Mitte Januar 1712 sandte er eine Armee ins Vallée de Chevreuse, um sich dieser unverschämten Leichen zu entledigen.

Die Soldaten öffneten die Gräber, unter Mühen, denn es war kalt. Sie brachen die Särge auf, sie luden die Knochen auf Karren, auch die Fetzen verwester Körper, die Überreste der jüngst Verstorbenen. Und in der Stille des Winters bewegte sich der Zug, begleitet von Hunden, zum Friedhof des nahegelegenen Dorfs Saint-Lambert, wo ein großes Loch auf sie wartete: das Massengrab.

Nachdem das große Loch zugeschüttet worden war, teilte man dem König mit, Sein Wille sei ausgeführt worden.

Damit war er zufrieden.

Nicht lange.

Drei Jahre später starb Er.

Diese Geschichte vom Krieg eines Sonnenkönigs gegen die Leichen hatte mich nach Port-Royal des Champs gelockt. Ich wollte den Ort sehen, die Ohren spitzen. Damals war ich fünfzehn. Ich war mit dem Fahrrad gekommen.

Nichts hätte ruhiger sein können als das kleine Tal. Der Wind, der dort wehte, war nicht stark genug, um das Schilf zu beugen. Ich näherte mich dem Ort unter alten Eichen, die zweifellos alt genug waren, um die berühmten Leichen noch zu ihren Lebzeiten gekannt zu haben.

In einem Haus verkaufte eine Frau Eintrittskarten. Als sie den jungen Radfahrer von Weitem erblickte, zögerte sie, ob sie sich freuen oder traurig sein sollte. Welche Überraschung, ein Franzose! Welche Schande, sonst kommen nur Japaner hierher! Was meinen Sie, weshalb kommen sie von so weit her, um Port-Royal zu besichtigen? Der junge Fahrradfahrer hatte keine Ahnung.

Ich ging zum Taubenturm. Abgeschlossen. Ich legte mein Ohr an die Tür, an die Mauern. Stille. Die Tauben müssen es von Generation zu Generation weitergesagt haben. Vorsicht, ein gefährlicher Ort.

Eine Kirche, lange nach 1712 erbaut, diente als Museum. Ich zog es vor, mich auf der Wiese umzusehen. Darunter hatten die Toten geruht.

An jenem Tag schwiegen sie.

Doch wer weiß das schon so genau bei Toten? Sie verständigen sich anders als mit Worten. Stieg ich nicht auf ihren stummen Ratschlag hin den Hügel hinauf bis nach Les Granges?

Die Abtei, in der die untadeligen Nonnen einst lebten, lag in der Talsohle. Les Granges war, neben Weizenfeldern, auf dem Hochplateau erbaut worden.

Les Granges war ein Zufluchtsort für Menschen, die von der Welt im Allgemeinen und von Versailles im Besonderen die Nase voll hatten. Im Gegensatz zu den Höflingen, die überaus gesellig lebten, nannte man sie die «Einsiedler». Blaise Pascal war einer von ihnen. Wenn er sich von seinen Berechnungen und seinen Gebeten erholen wollte, erfand er nützliche Gebrauchsgegenstände: Im Hof kann man eine solche Erfindung sehen, einen Brunnen und das Räderwerk, das er ersonnen hatte, damit man ohne Mühe Wasser schöpfen konnte.

Les Granges war eine Schule, die Jean Racine besuchte und zu der er zurückkehrte, um zu Füßen des so verehrten Arztes Jean Hamon seine letzte Ruhe zu finden.

Les Granges war eine Miniaturuniversität. Hier wurde nach Antworten auf auserlesene Fragen gesucht: Was heißt «erziehen»? Was ist das für eine Struktur, die die Wörter zusammenhält und die man allgemein «Grammatik» nennt?

In den Gedanken des jungen Fahrradfahrers hatte die Geschichte des Königs, der gegen die Leichen kämpfte, so viel Platz eingenommen, dass ich damals nichts von diesen längst vergangenen Ereignissen ahnte. Aber der Ort schlug mich in seinen Bann, er hatte etwas Fesselndes, Forderndes. Der Fahrradfahrer fühlte, dass es hier mehr gab, als zu sehen war. Ungeachtet der steilen Hänge beschlossen der Junge und sein Fahrrad zurückzukehren.

Er lernte, jeden der Einsiedler beim Namen zu nennen: Arnaud d'Andilly. Pierre Nicole. Isaac Le Maistre de Sacy. Er erfuhr, was jeder aufgegeben hatte, um sich hierhin zurückzuziehen.

Er spazierte auf ihren Spuren durch den Park. Und er redete sich ein, er sei einer von ihnen, sagte sich immer wieder, ich bin ein Einsiedler, ganz klar, ich bin ein Einsiedler, und wenn ein Mädchen ihn abwies (was häufig vorkam), half ihm diese Gesellschaft von Einsiedlern, dieser Glaube, die Einsamkeit sei eine Ritterschaft.

In der Bibliothek, zwischen alten Gelehrten, von denen die meisten Japaner waren, bereitete er sich auf sein Abitur vor. In der Bibliothek meinte er, er würde gleich sterben: Er war zu kräftig in die Pedale getreten, um hierherzukommen. Sein Herz hörte nicht auf zu pochen. In der Bibliothek lernte er eine ältere Dame kennen, eine Deutsche. Sie forschte über eine grammatikalische Sonderbarkeit, die vollendete Zukunft.

«So jung, wie Sie sind, sagt Ihnen diese Zeit nichts.

Aber Sie werden sehen, eines Tages wird sie Ihnen etwas sagen.»

Was ist aus der deutschen Wissenschaftlerin geworden? Sie hatten sich geschrieben, er bekam geheimnisvolle Artikel zugeschickt. Dann wurde der Abstand zwischen den Briefen immer größer. So verliert man sich aus den Augen, hört nichts mehr voneinander, und die Erinnerung verblasst. Er ahnte nicht, dass die Stunde der vollendeten Zukunft bald schlagen würde. Wie die Gelehrte von der anderen Rheinseite es vorausgesagt hatte.

Wo?

Wo hält sie sich auf?

Der Bruder mit der einzigen Liebe hatte endlich die Verzweiflung seines großen Bruders begriffen.

Er wusste, für einen Menschen, der am Boden ist, ist jeder heraufziehende Tag ein Berg, eine endlose Mauer. Daher half er ihm, so gut er konnte, bei der täglichen Kletterpartie: mit einem Buch oder einer CD, die er ihm am Morgen hinlegte; manchmal mit einem Musikstück am Telefon statt einer Nachricht; mit einer Einladung zum Abendessen mit einem seltenen Wein, den er bei einem Sommelier bestellt hatte, einem Corton-Charlemagne aus der Domaine de Montille, und einer Extraflasche, die er mir bei der Umarmung zum Abschied in die Hand drückte – «das wäre doch nicht nötig gewesen …» – «ich habe gesehen, wie sehr er dir gemundet hat …»

Vor allen Dingen beteiligte er sich an der Suche seines Bruders, obwohl er sie für aussichtslos und unvernünftig hielt. Er beteiligte sich mit Leib und Seele daran, als wäre sie sein eigenes Anliegen.

Ihr brüderliches Verhältnis war erschüttert gewesen, weil der Jüngere am Kampf des Älteren gegen die Krankheit keinen Anteil genommen hatte. Tief in sich fühlten sie, dass sie einer gemeinsamen Sache bedurften, um wieder zueinander zu finden. Die Suche nach dem mythischen Ort – wo, wo sind die Toten nach dem Tod, und besonders die Toten, die zweiundvierzig Jahre alt sind, aussehen wie die Sonne und zwei blaue Augen haben? – diente diesem Ziel besser als alles andere: Sie würde ihr Gral sein und der Zement ihrer neuen Freundschaft, die stärker und fester sein sollte als die alte, die Risse bekommen hatte.

Wo?

Sie wussten natürlich, dass sie nicht die Ersten waren, die dieser Frage nachgingen und sie immer wieder durchkauten.

Wo halten sich die Menschen auf, wenn sie einmal gestorben sind?

Seit Anbeginn der Zeit schlagen sich die Menschen mit dieser Frage herum.

Doch die beiden Brüder kümmerten sich nicht um die lange Reihe ihrer Vorgänger. Um die Wahrheit zu sagen, sie sahen mitleidig auf sie herab: die armen Alten! Wenn sie keine Antwort gefunden hatten, dann hatten sie eben nicht richtig gesucht.

Ihr beiderseitiges Vertrauen, das ebenso kindisch wie uneingeschränkt war – «Eines Tages wird es uns, den beiden Brüdern, mit vereinten Kräften gelingen, hinter das Große Geheimnis zu kommen» –, hatte unterschiedliche Gründe.

Der Jüngere stützte sich, ein wenig einfallslos, ein wenig faul, auf «die Errungenschaften der modernen Wissenschaft»: Befragungen von Leuten, die aus dem Koma wieder erwacht waren; Studien über die Frage, wo der Tod beginnt, über die Weitergabe der Gene … usw.

Der Ältere ging ganz andere Wege von schwindelerregender Vielfalt. Niemand, der seinen Charakter kannte, wunderte sich darüber. Er hatte nicht nur seine Liebe aufgeteilt, er war auch in vielen verschiedenen Berufen zugange. Eine Laufbahn, allein schon die Vorstellung, eine geradlinige Laufbahn einzuschlagen, wäre ihm als die schlimmste persönliche Verkümmerung erschienen, und da seine einzige Berufung offensichtlich die Neugier war, hatte er sich bemüht, seine Arbeitswelten bunt zu gestalten. In der langen Liste seiner mehr oder weniger unglaublichen Tätigkeiten konnte er unter anderem auf drei Jahre verweisen, in denen er für den französischen Staatspräsidenten Reden geschrieben hatte. Dabei hatte er Gelegenheit, bei diesem Präsidenten, der im Übrigen ein bemerkenswerter Mann war, die Sünde des Hochmuts in allen ihren Äußerungsformen aus nächster Nähe zu studieren. Denn der Hochmut ist ein ganzes Völkchen. Da ist zum Beispiel der *historische* Hochmut: der exaltierte Wille, sich in eine Ahnenreihe zu stellen (oh, das Lächeln dieses Präsidenten, wenn er die Könige Frankreichs aufzählte und dann kindlich schloss: «Im Grunde bin ich ihr Nachfolger, nicht wahr?»). Der Hochmut des *Herrschens*: die immer wieder neue Freude an der allgemeinen Unterwürfigkeit seiner Umgebung (oh, dieses andere Lächeln, dieses In-sich-hinein-Grinsen über eine hochtrabende Schmeichelei oder über einen sich nähernden Bittsteller). Und der Hochmut der *Tat*: der Stolz, wenn er, und sei es auch nur um einige Millimeter, eines der Räder der Geschichte des Landes oder Europas verstellen konnte (oh, dieses dritte, entrückte und friedliche Lächeln, dieses innere Strahlen nach der Rückkehr von einer Konferenz oder beim Aussteigen aus dem gepanzerten Wagen).

Diese Arten des Hochmuts sind sichtbar und tragen zum Amüsement derjenigen bei, die sie bemerken.

Aber es gibt einen Hochmut, der sehr viel verborgener, sehr viel lächerlicher als jeder andere Hochmut ist, weil er viel unverhältnismäßiger und aus diesem Grund unendlich viel rührender ist. Ich spreche nicht von seiner Gewissheit, die Krankheit zu besiegen. Als man ihm, kaum dass er gewählt war, die schlechte Nachricht mitteilte, war der französische Staatspräsident nicht lange niedergeschmettert. Kaum hatte der Arzt seinen (wohl aus Verlegenheit ein wenig zu lang geratenen) Satz beendet, richtete sich der Staatschef in seiner ganzen kleinen Größe auf: Das wollen wir doch erst einmal sehen! Dieser vulgäre kleine Krebs würde doch keinen Mann wie ihn in die Knie zwingen. Erstens hatte er diese professionellen Moralapostel, die Dummköpfe von der christlichen Linken, zur Vernunft gebracht. Zweitens das Konglomerat aus Stimmungen und Unfähigkeit, das man Sozialistische Partei nannte, diszipliniert und in die Schlacht geführt. Drittens diese Tölpel, diese Papiertiger namens Kommunisten, umarmt oder, wie ich meine, erdrückt. Viertens die Franzosen von seiner ruhigen Kraft überzeugt. Fünftens der Linken endlich die Gelegenheit verschafft zu beweisen, was sie konnte. Sechstens nach Maßgabe seines Programms begonnen, das Leben zu verändern usw. usw. Dieser gewöhnliche kleine Krebs würde schnell begreifen, mit wem er es zu tun hatte, und sich wieder zurückziehen, und das nicht ohne eine Entschuldigung, die der französische Staatspräsident, der noch nicht darüber entschieden hatte, vielleicht gar nicht annehmen würde.

Diese Siegesgewissheit war von höchster Würde und stellte nach Aussage aller Fachärzte die Hauptantriebskraft für die erstaunliche Rückbildung des Tumors dar, die es dem Präsidenten ermöglichte, vierzehn Jahre an der Macht zu bleiben.

Mich interessiert aber der andere Hochmut, der später auftrat, als der gewöhnliche kleine Krebs nach einem langen und heimtückischen Krieg gegen alle Logik und alle Ehrfurcht über seinen Dienstvorgesetzten zu triumphieren begann.

Da überkam den französischen Staatspräsidenten jener andere Hochmut, die Krönung und Vollendung unter allen Spielarten des Hochmuts.

Ich, dachte sich der Staatspräsident, ich werde die jahrtausendealte Frage beantworten: Wohin? Wohin gehen die Toten nach dem Tod? Wäre dieses *geografische* Rätsel erst einmal gelöst, hätte sich die Frage nach dem Tod von selbst erledigt. Und ist es nicht ganz normal, dass das schwierigste Rätsel auf der Welt vom französischen Staatspräsidenten gelöst wird, also vom intelligentesten Mann des intelligentesten Volks auf der Welt?

Und so stürzte sich der Staatschef neben seinen offiziellen Tätigkeiten mit großer Sorgfalt in die Suche nach dem Aufenthaltsort der Toten.

Diese Suche gewann bald die Oberhand über alle anderen Beschäftigungen. Seine beiden Sekretärinnen, Paulette und Marie-Claire, erhielten Anweisung, seine Termine nach eigenem Gutdünken zu planen, zu lichten, auszudünnen und notfalls alles zu verschieben, was man verschieben konnte, sogar das, was eigentlich keinen Aufschub duldete, damit er genügend, das heißt: enorme Freiräume bekam, um Geistliche, Ärzte, Philosophen aller Glaubensrichtungen zu besuchen, denen der Staatschef immer dieselbe Frage stellte, und das mit fortschreitender Krankheit immer ängstlicher – und immer wütender, weil er nicht den Hauch einer klaren und genauen Antwort erhielt.

Ich weiß aus sicherer Quelle, das heißt aus dem Mund

von Betroffenen, dass der Präsident mitten in einer sachlichen Unterredung oder Diskussion und ohne jeden Bezug zum vorausgegangenen oder zum als nächstes vorgesehenen Thema plötzlich dazwischenrufen konnte:

«Ich vertraue Frau Bhutto. Pakistan kann für Frankreich zum Brückenkopf in Asien werden. Aber sagen Sie, Herr Außenminister, wo halten sich Ihrer Meinung nach die Toten nach dem Tod auf?»

Oder: «Es ist nicht nötig, dass Sie Ihr neues Finanzierungsgesetz in seinem ganzen Umfang vorstellen, Herr Wirtschaftsminister. Ich dachte gerade ... Da Sie doch über alles so gut Bescheid wissen, wo halten sich die Toten auf?»

Da sich Neuigkeiten rasch verbreiten, waren alle hochgestellten Persönlichkeiten in Frankreich darüber informiert, was den Staatspräsidenten umtrieb, und jeder hatte sich mit seinen Mitarbeitern sorgfältig auf eine Antwort vorbereitet. Nie zuvor hatten beispielsweise die Buchhandlungen im 6. und 7. Pariser Arrondissement das *Tibetanische Totenbuch* so häufig verkauft.

Glauben Sie aber bloß nicht, wenn Sie diese Zeilen lesen, der Präsident wäre den Staatsgeschäften gegenüber gleichgültig gewesen. Im Gegenteil, nie zuvor war er so genau und so entschlossen. Doch die Frage nach dem Jenseits kehrte immer wieder zurück, sie war so etwas wie seine Obsession, so wie andere überall nackte Frauen oder Fußballerbeine im Augenblick des Torschusses sehen.

Wie dem auch sei, da niemand ihm Aufklärung, das heißt die erhofften Gewissheiten, verschaffen konnte, stellte er seine Nachfragen bald ein.

Eben zu dieser Zeit begann er, häufiger nach Ägypten zu reisen. Ich begriff, und andere Beobachter ebenso, dass er mangels einer halbwegs zufriedenstellenden Antwort in diese große Kultur des Todes hineinhorchen wollte.

Aus diesen Gründen ließ der große Bruder als Erster den Mut sinken: Wenn schon der französische Präsident ungeachtet seiner Intelligenz und all der Mittel, die ihm zur Verfügung standen, das Rätsel nicht hatte lösen können, würde es niemand lösen.

Doch der jüngere Bruder blieb hartnäckig: In der Wissenschaft, sagte er immer wieder, in der Wissenschaft muss die Antwort liegen. Und er geisterte weiter durchs Internet und durch Reanimationszentren, um alle verfügbaren Informationen zusammenzutragen, die er über Komapatienten und wunderbarerweise wieder ins Leben zurückgekehrte Menschen finden konnte.

Um der Wahrheit willen muss ich sagen, dass er jede wissenschaftliche Strenge verloren hatte. Er begeisterte sich für die Erzählungen von Eingeborenen, für die Beschreibungen des «großen weißen Lichts am Ende des Tunnels», der «unaussprechlichen Musik über einer ruhigen blauen Wasserfläche» ...

Verwirrt und betroffen beobachtete der Ältere diese Havarie des Verstands. Schließlich hatte sein Bruder sich auf dieses Glatteis begeben, um ihm zu helfen. Es fehlte nicht viel, und der anerkannte Psychoanalytiker wäre zum New-Age-Guru geworden. Beim nächsten gemeinsamen Abendessen würde er die Nachforschung für beendet erklären.

«Danke für alles, jetzt ist Schluss.»

«Aber ...»

«Nein, es bleibt dabei!»

Der Jüngere maulte nicht. Wie in alter Zeit, das heißt in ihrer Kindheit, hatte die Autorität des Älteren gesiegt.

Zur Feier des Tages bestellte der Ältere einen Romanée-Conti.

«Die Herren haben gewiss etwas Großes zu feiern», säuselte der Sommelier, als er die Karaffe brachte.

«Wem sagen Sie das! Die beiden Brüder haben gerade Neuland für ihr Reich erobert.»

«Darf man fragen, was?»

«Die Bescheidenheit.»

Sie ahnen es: Der große Bruder setzte seine Nachforschungen heimlich fort.

Im Grunde war aus mir eine Art Tourist geworden, ein besessener Tourist allerdings, einer von denen, wie Reisebüros sie lieben.

Ich gehörte zu den Kunden, die Reisen aneinanderreihen: im Anschluss an die Malediven Ägypten; danach Peru, Island; dann die Geysire im Yellowstone-Park und die Felsen von Bandiagara (Mali) …

Ich war wie jemand, der am liebsten *überall* hinreisen würde, ungeachtet der Kosten, und der auch noch über die notwendige Zeit verfügt.

Ich muss an die zweihundert Bücher über das Jenseits gelesen haben. Ich traf keine Auswahl im endlosen Katalog der Orte, die den Toten vorbehalten sind. Ich hatte die Absicht, hatte es mir auch zur Aufgabe gemacht, so lange ein Ziel nach dem anderen anzulaufen, bis ich meine Frau wiedergefunden hätte.

An dieser Stelle meines Berichts muss ich mich der Lächerlichkeit aussetzen und Ihnen gestehen: Ich hielt mich für John Rowlands Stanley, den der *New York Herald* damit beauftragt hatte, Livingstone an den ungastlichen Ufern des Tanganjikasees zu suchen …

Werden Sie verärgert sein, überzeugt von meinem grundlegenden Mangel an Feingefühl, meiner vollkommenen Herz- und Lieblosigkeit, wenn ich Ihnen sage, dass die Zeit unmittelbar nach dem Begräbnis meiner Frau eine glückliche Zeit war?

John Rowlands Stanley (ich meine mich) zweifelte nicht daran, dass er seine Frau wiedertreffen würde, und freute sich über die Gegenden, durch die er auf dem Weg zu ihr kam.

Diese Liste von Sommerfrischen post mortem halte ich immer bereit. Ich kann sie Ihnen nicht genug empfehlen. Schon das Nachschlagen wird Ihnen ein Vergnügen sein.

Wenn Sie bei der Lektüre bis hierhin gekommen sind, muss es eine Art Verwandtschaft zwischen uns geben. Sie sind wie ich: Seit der Kindheit und den Lektionen des Kindergottesdienstes ruft die traditionelle Geografie des Jenseits nur Spott bei Ihnen hervor. Allein die Hölle bereitet Ihnen Vergnügen. Das Fegefeuer gleicht zu sehr dem Leben hier auf Erden: Man findet immer Mittel und Wege, sein tägliches Quäntchen kleiner Freuden zu bekommen. Nimmt man dagegen das Paradies, so scheint Ihnen kein Ort weniger erstrebenswert: Was soll man mit so vielen Jungfrauen anfangen, und warum Jungfrauen, die zwangsläufig unerfahren sind, wenn Gott uns wirklich eine Freude machen will?

So fruchtbar die monotheistischen Religionen auf anderen Gebieten sind, unvergleichliche Künstler und Schöpfer überbordender und aufregender Welten, so sind sie von herzergreifender Armut, wenn es um den Aufenthaltsort der Toten geht. Als hätte der einzige Gott mit einem verächtlichen Grinsen seine amtlichen Schreiber ein für alle Mal in einen Starrkrampf verfallen lassen: Denkt ein wenig nach, hat Er sie aufgefordert.

Entweder hat sich der Verstorbene gut aufgeführt, dann sieht er Mich bis in alle Ewigkeit. Was wollt ihr darüber schreiben? Mit welchen Worten könntet ihr diesem unaussprechlichen Schauspiel gerecht werden: Mir?

Oder der Verstorbene hat Mich aufgrund seiner Sünden nicht verdient und dämmert fortan im Nichts. Was wollt ihr Interessantes über das Nichts schreiben?

Wie beurkundet.

Da die Monotheisten nur Enttäuschungen brachten, musste ich mich anderen, sogenannten primitiven und sehr zu Unrecht verachteten Religionen zuwenden: dem Animismus, dem Schamanismus, dem Mazdaismus, dem Jainismus ... Nicht zu vergessen natürlich die wuchernde Familie der asiatischen Weisheiten.

Zwei Werke haben mich sehr aufgewühlt: *Le Dit de Tianyi* (deutsch *Regenbogen überm Jangtse*) von François Cheng und *Le Discours de la tortue* (*Abhandlung über die Schildkröte*) von Cyrille Javary. Bei ihrer Lektüre hatte ich den Eindruck, keine Sätze zu entziffern, sondern zwei Reisenden zu folgen. Sie nahmen mich am Arm und führten mich vor eine offenstehende Tür: Los, geh hinein, wovor fürchtest du dich?

In China leben die Toten weiter. Da staunst du? Was ist schon dabei! Vieles, was man nicht sieht, ist wirklich, sicher und unbestreitbar: die Wurzeln der Bäume zum Beispiel oder der Lebensstrom der Natur im Winter.

In China verabschieden sich die Toten nicht in unerreichbare Fernen wie die Hölle oder das Paradies der Monotheisten. Sie ziehen nur in ein Land ein, das schwer zugänglich ist, mit dem man allerdings in Kontakt treten kann.

Dazu bereitet man den Toten Speisen. Sie sind zwar nicht mehr imstande zu kauen oder zu schlucken, aber sie können dort, wo sie sind, den Geruch einsaugen. Und uns, den noch Lebenden, antworten sie. Willst du mit einem Verstorbenen sprechen? Brate ihm ein Stück Fleisch. Wenn der Verstorbene zufrieden ist, wird er auf dem Knochen einen Hinweis durch bestimmte Kratzspuren hinterlassen, und wenn ihn das Gericht enttäuscht hat, werden andere Spuren erscheinen.

Feuer, Rauch, Bratenduft: Es gibt viele Arten der Kommunikation zwischen der einen Welt und der anderen.

Da die Lektüre dieser Knochen schwierig war, ersannen die Chinesen der Shang-Dynastie (18. Jahrhundert vor unserer Zeitrechnung) eine, wie man so sagt, andere Methode: Man legte einen glimmenden Holzspan auf den Panzer einer Schildkröte. Schildkröten sind, wie jeder weiß, langsame Tiere, aber niemand ist so beharrlich wie sie, wenn es darum geht, die längsten Wege zu Ende zu gehen – das ideale Tier, um ins Jenseits zu gelangen.

Die Shang-Chinesen bewahrten alle rissigen Schildkrötenpanzer auf, damit sie sich später erinnern konnten, wie sie sie interpretiert hatten: Es war das einzige Mittel, um die Sprache der Toten irgendwann zu verstehen. Bald ertranken sie in Schildkrötenpanzern. So kamen sie auf den Gedanken, in die Panzer selbst Zeichen zu gravieren, damit sie leichter archiviert werden konnten.

Auf diese Weise, heißt es, sei die Schrift entstanden.

Wie hätte diese hübsche Geschichte meine Frau dort, wo sie war, ungerührt lassen können?

Ich sage es noch einmal: Ich habe diese Zeit in bester Erinnerung. Meine tote Frau und ich, wir verstanden uns ausgezeichnet. So groß meine Wut war, als sie entschwunden war, sosehr ich die Tote damals alles Mögliche geheißen habe, und manches war wirklich nicht nett, sondern ziemlich vulgär, so schön versöhnten wir uns wieder, nachdem ich ihr Verschwinden erst einmal angenommen hatte.

Unsere Beziehung ging von neuen Grundlagen aus, wir waren offenkundig distanzierter, aber friedlicher. Ich spürte, dass sie mir verbunden war für die Hartnäckigkeit, mit der ich mich bemühte, in Kontakt mit ihr zu treten. Sie wusste, dass ich sie nie, niemals verlassen würde. Ich würde mich nicht damit begnügen, mein Liedchen zu spielen und in eine Barke zu steigen wie der Faulpelz Orpheus. Ich würde sämtliche Türen zu allen Welten öffnen, um sie wiederzufinden.

Kenia, Indien, Brasilien, Mali ... Sie hatte schon immer gerne Fernreisen unternommen, besonders in meiner Gesellschaft. (Das hatte sie jedenfalls immer behauptet, abends zwischen einer Stechmücken- und einer Kakerlakenjagd in den schäbigen Hotelzimmern, in denen wir nach stundenlangen ermüdenden Autofahrten gestrandet waren. «Bist du mir wirklich nicht böse wegen all diesen Unbequemlichkeiten?» «Ich könnte nicht glücklicher sein.») Deshalb konnte sie sich über diese große Tour durch die halbe Welt nur freuen!

Und dennoch, trotz all meiner Anstrengungen, habe ich nur Enttäuschungen erlebt. Soll ich Ihnen gestehen, dass ich auf meinem Gasherd die alte Praxis der Shang ausprobiert habe? Ich besorgte mir in einer Tierhandlung am Quai de la Mégisserie den Panzer einer Schildkröte, die leider verstorben war. In meiner Küche stank es sofort verbrannt, ohne dass ich auch nur die geringste Botschaft aus dem Jenseits auf dem viel zu schnell verkohlten Schildpatt lesen konnte. Ein weiteres Beispiel jämmerlichen Misserfolgs: Ich blamierte mich vor einem tibetanischen Weisen, der in einem Festsaal in Ville-d'Avray das *Bardo Thödöl* (das Totenbuch) vorstellte.

Ich wartete, bis die Zuhörer, alles Buddhismusexperten, ihre Sachfragen gestellt hatten. («Woran erkennt man den Übergang vom vierten Bardo – dem Augenblick des Todes – in den fünften – die absolute Wirklichkeit?») Dann ging ich auf den Vortragenden zu und fragte ihn, ohne ihm Zeit zu geben, sich zu erholen:

«Meine Frau ist vor sechs Monaten gestorben. Wo ist sie in diesem Augenblick?»

Der Weise betrachtete mich mit einem sehr sanften Lächeln.

«Das hängt ganz davon ab, ob sie im *Samsara* geblieben ist oder ob sie, was ich ihr wünsche, das *Nirwana* erreicht hat.»

Hinter mir hörte ich die Kommentare der Experten:

«Wo kommt denn der her? Das weiß doch jedes Kind!»

Schamlos bohrte ich weiter:

«Worin unterscheiden sie sich?»

Es folgte ein entrüsteter Ausruf. Man schob von hinten, um mich loszuwerden, ich behauptete mich. Die Experten fühlten sich bemüßigt, sich zu entschuldigen: «Verzeihen Sie uns, Meister, dass Sie von so weit hergekommen sind, um mit einem derartigen Analphabeten Ihre Zeit zu verlieren.»

Der Weise hob den Arm, um Ruhe zu schaffen. Er wandte mir sein sympathisches, kreisrundes und glänzendes Gesicht zu:

«Wer stirbt?»

«Das weiß ich: meine Frau.»

«Ihr Ich war eine Illusion, wie alle Ichs. Das Ich ist das kurzzeitige Zusammentreffen von fünf verschiedenen Elementen: der körperlichen Form, den Empfindungen, den Wahrnehmungen, den Gedankengängen und dem Bewusstsein. Bei seinem Tod treten diese fünf Elemente wieder auseinander.»

Offenkundig war die Tatsache, dass das Ich eine Illusion ist, für ihn die beste aller Nachrichten. Er war heiter. Fast wäre er in Gelächter ausgebrochen. Seine Schüler teilten seinen Frohsinn. Es soll ein einheitliches und autonomes Ich geben? Dass wir nicht lachen!

Ich ließ trotzdem nicht locker.

«Gibt es denn eine Möglichkeit für mich, sie wiederzufinden?»

«Wie ich sehe, haben Sie mich nicht richtig verstanden. Wen wollen Sie wiederfinden? Welches Stück des illusionären Ichs?»

Die Schüler wurden ungeduldig. Viele blickten auf die Uhr. Bald würde der letzte Zug fahren. Doch der fröhliche Mönch ließ sich Zeit.

«Die Menschen sind die Erben ihrer Taten. Entweder hat Ihre Frau nur Gutes getan ...»

«Ich habe nie einen großmütigeren Menschen gekannt!»

«In diesem Fall hat sie vielleicht den *Weg* gefunden.»

«Wohin führt dieser *Weg*?»

«Dieser *Weg* ist die Auslöschung.»

«Ich Ärmster!»

Das war zu viel für die Spezialisten. Kurzerhand wurde ich beiseitegeschoben. Sie nahmen den Mönch mit. Er hätte mir gerne weiter Rat gegeben, niemand hätte liebenswürdiger und zugänglicher sein können als dieser Mann. Die Redakteurin einer Buddhismus-Sendung im Fernsehen, eine sehr schöne Blondine namens Catherine, hatte ihn in ihren Smart gesetzt. Glücklicherweise parkten die Schüler wild durcheinander: Ihre Wagen versperrten die Ausfahrt. Der zuvorkommende Mönch kurbelte das Fenster herunter, und ich konnte ihn noch ein wenig befragen.

«Ich glaube, meine Frau war alles andere als eine Heilige.»

Ein neuer Funke blitzte in den Augen meines Lehrmeisters auf.

«Dann wird sie ihre Wanderschaft fortsetzen.»

«Können Sie einen Rat geben, mir sagen, wohin ich gehen soll, um sie wiederzusehen?»

«Sechs Schicksale sind möglich. Die ersten drei sind vorteilhaft. Wenn sie in einer Gottheit reinkarniert werden konnte, als *Deva*, dann wird ihr Leben reine Freude sein.»

«Umso besser für sie!»

«Oder sie ist als *Asura* wiedergeboren worden. Das sind mächtige Erscheinungen, leider liegen sie ständig im Streit mit den *Devas*. Die dritte, etwas weniger vorteilhafte Möglichkeit besteht darin, dass sie wieder zu einem Menschen wurde.»

«Zu welchem Menschen? Woran kann ich sie unter den sechs Milliarden erkennen?»

Unterdessen hatte ich die Frau vom Fernsehen für mich eingenommen. Sie warf mir Blicke zu, die von Mal zu Mal mehr Anteilnahme und Wohlwollen ausdrückten. Offenbar fühlte sie mit. Vielleicht hatte sie in jüngster

Zeit einen nahestehenden Menschen verloren? Die Leute verlieren mehr Menschen, als man meint. Vielleicht stellte ich genau die dummen Fragen, die ihr seit Langem durch ihren hübschen Kopf gingen, die sie sich aber nicht zu stellen getraute? Als Redakteurin für Buddhismus-Sendungen hätte sie möglicherweise ihre Stelle riskiert.

Der Mönch fuhr fröhlich wie immer mit seiner Lektion fort.

«Die drei weniger vorteilhaften Schicksale sind die Wiedergeburt als Tier, als gieriger, nie zufriedener Geist und die Verdammnis zur Hölle.»

Die Straße war frei. Als sie losfuhr, zeigte die Journalistin mit trauriger Miene auf ihren kleinen Smart. Unmöglich, einen weiteren Mitfahrer aufzunehmen. Verfluchter Smart! Wäre er ein bisschen größer gewesen, hätte ich vielleicht genug Hinweise aufgelesen, um meine Frau wiederzufinden.

So endete meine große Nachforschung über das *Bardo*, das Tibetanische Totenbuch, auf einem Parkplatz in Ville-D'Avray.

«Was macht die Trauerarbeit? Kommst du voran?»

In dem Land, in dem die beiden Brüder lebten (Frankreich), war man übereingekommen, den Tod zu verbergen. Kaum war der letzte Atemzug getan, wurde der frische Leichnam sogleich Gott weiß wohin verfrachtet. So konnte man leichter sagen, der Verstorbene sei «von uns gegangen», womit man ihm sicherlich eine Chance zur Rückkehr einräumen wollte. Außerdem ist dieser Ausdruck beruhigend: «Von uns gegangen» lässt uns weniger zittern als «gestorben». Demjenigen, der «von uns gegangen» ist, erwies man unter Freunden auf unbestimmte Weise die letzte Ehre. Am Tag danach wurde es dann ernst: Die Trauer begann.

Die Trauer war ebenso zu einer nationalen Herzensangelegenheit geworden wie der Bau von Museen, der eine Spielart der Trauer ist. Indem wir unsere vergangene Größe feiern, lernen wir, uns in unserem gegenwärtigen Niedergang zu gefallen.

«Was macht die Trauerarbeit? Kommst du voran?»

In Frankreich kümmerte man sich nicht mehr um Ihr Wohlergehen, niemand fragte Sie mehr, was es Neues bei Ihnen gibt, aber man wollte wissen, wie es Ihnen bei Ihrer Trauer geht. Und wenn Sie erblassten, statt zu antworten, wenn Ihnen Tränen in die Augen schossen, nahm man Sie nicht in den Arm, legte Ihnen nicht die Hand auf die Schulter, sondern man schärfte Ihnen ein, sich schnellstens in Behandlung zu begeben.

Ein neuer Beruf war entstanden, der von jener nationalen Leidenschaft profitierte: der Trauerbegleiter. Und um sich Gehör zu verschaffen und sein Honorar zu rechtfertigen, bürdete dieser einem auch noch Arbeit auf. Die allseits bekannte Trauerarbeit.

Der große Bruder hatte sich niemals vor Arbeit gedrückt. Seit er zehn Jahre alt war, hatte seine Mutter ihn regelmäßig angefleht, er möge doch einmal spielen gehen, anstatt immer nur zu lernen. Sie hatte den Kampf verloren, ebenso alle anderen Frauen in ihrer Nachfolge.

Doch zu dieser Arbeit fühlte er sich nicht in der Lage. Warum sollte ich in mir die Frau töten, die bereits tot war?

Es kam nicht in Frage, einen dieser Trauerbegleiter zu mästen.

Ich beschloss, nach meinem Gutdünken und auf meine Art voranzukommen, zwischen Erinnerungen und Verlustschmerzen wollte ich ein Flaneur, ein Faulpelz sein, ein Trauerfaulpelz.

Die einzige Tür, an der ich anklopfte, war die eines Augenarztes.

«Herr Doktor, ich sehe nur sie.»

«Was wollen Sie damit sagen?»

«Sie ist überall. Auf der Straße geht sie vor mir. Bei meinen Arbeitsbesprechungen setzt sie sich dazu. Beim Lesen eines Buches lächelt sie mich von der aufgeschlagenen Seite an ...»

Ich musste diesem einigermaßen verdutzten Arzt erklären, dass vier Jahre zuvor eine Frau in mein Leben getreten war, dass diese Frau gestrahlt hatte wie eine Sonne und dass sie nun tot war, mich aber keineswegs verlassen hatte ...

«Retinale Persistenz», diagnostizierte der Arzt. «Da

Sie offenbar Interesse an Wörtern haben: Man spricht auch von *Remanenz*, von dem lateinischen ‹remanere›, ‹zurückbleiben›. Und dieser Anblick stört Sie?»

«Ich fürchte eher, er könnte verschwinden. Aber ich muss zugeben, beim Autofahren oder beim Lesen ... Ich dachte ...»

Der Arzt lächelte. Er war nicht mehr jung. Da das Auge die Tür zur Seele ist, hatte er in seiner Laufbahn wahrscheinlich alle Arten von Seelen in allen denkbaren Lagen gesehen.

«Sprechen Sie weiter.»

«Ich dachte ... Es ist lächerlich, aber vielleicht könnten Sie diese Frau, sollte es die Wissenschaft heute möglich machen, aus bestimmten Regionen meines Auges, Entschuldigung, fernhalten, damit ich, wie soll ich sagen, wieder etwas normaler leben kann?»

Das Lächeln auf dem Gesicht des Arztes verschwand. Seine Hand übernahm den Stab. Sie legte sich auf die seines Patienten.

«Mein armer Freund!»

Wenn ich junge Mädchen vor den Eingängen der Schulen rauchen sehe, weiß ich nicht, ob ich träume. Sie unterhalten sich, sie kichern, sie fuchteln mit den Händen, sie sind ganz in Schwarz gekleidet, Schwarz ist Mode, die Mode schwankt, macht einen Versuch in Blau, in Rot und kehrt dann zu Schwarz zurück, die Mode hat immer recht.

Ich sehe ihre Gesichter zweigeteilt durch eine rote Linie, die beim Mund anfängt und bis zur Kehle geht.

Das ist meine Krankheit, *retinale Persistenz*: Ich kann kein Frauengesicht mehr sehen ohne die rote Linie, die Narbe. Die Narbe meiner Frau.

Der Chirurg hatte ein Adjektiv gefunden, das für die Narbe passte: «perfekt». Eine «perfekte» Narbe, in aller Bescheidenheit.

Er hatte ihr die Unterlippe aufgeschnitten, dann Kinn und Kiefer aufgesägt. Um mehr zu sehen und den trügerischen Abszess besser entfernen zu können, hatte er ihren Unterkiefer in der Mitte aufgeklappt wie die Flügeltüren eines alten Mercedes.

Dann hatte er alles wieder zusammengeklebt.

Ich nehme es ihm nicht übel. Er soll ein ausgezeichneter Chirurg sein. Alle beglückwünschten ihn. Alle schworen: Man sieht keinen Unterschied.

Wer nicht liebt, sieht keinen Unterschied.

Aber alle, die lieben, die ein Gesicht von Herzen lieben, sehen die beiden Stücke genau: Sie mögen noch so gut zusammengeschraubt sein, die Narbe mag noch so «perfekt» sein, es ist nicht mehr ein Gesicht, es sind zwei Hälften eines Gesichts.

Meine Frau weinte oft.

«Du liebst mich nicht mehr.»

«Wie kannst du so etwas sagen? Ich verlasse dich nicht.»

«Du gibst mir Beweise deiner Liebe, aber du liebst mich nicht mehr.»

«Und wie kommst du darauf?»

«Die Liebe zeigt sich im Blick. Du siehst mich nicht mehr an.»

Was kann man einer Frau erwidern, die man liebt und

die man genau aus diesem Grund nicht mehr ansieht, wie kann man ihr sagen, dass einem kein anderer Ausweg geblieben ist, um nicht in Tränen auszubrechen, als sie nicht mehr anzusehen, sondern sich zu erinnern? Sich an ihr Gesicht von früher zu erinnern, das Gesicht vor der «perfekten» Narbe?

Jetzt verstehen Sie vielleicht, warum ich heute einen Bogen um Schulen mache.

«Sind Sie sicher, dass Sie dort entlangfahren wollen?»

«Ganz sicher.»

«Aber Sie wissen, dass es ein Umweg ist?»

Dazu sage ich nichts. Ich werde einem Taxifahrer nicht mein Leben erzählen. Aber Sie haben verstanden. Ich verzichte auf den kürzesten Weg, damit ich die jungen Mädchen nicht rauchen sehe. Deren Schleimhäute noch empfindlicher sind. Damit ich nicht anstelle ihrer hübschen Gesichter die künftigen Narben sehe, die perfekten Narben, die sie haben werden, wenn man sie erst einmal operiert hat.

Ich will mich nicht beklagen. Nach den Schrecken, die ich gerade beschrieben habe, fehlt es mir dazu an Unverfrorenheit. Aber mit einer retinalen Persistenz ist das Leben nicht immer einfach.

«Ich will dich nicht allein lassen.»

Am nächsten Tag traf sie in ihrem Mini ein. Ein winziger grüner Würfel englischer Herkunft. In den sechziger Jahren hatte dieser Würfel seine Glanzstunde, als er die Rallye Monte Carlo gewann. Jetzt erfreuten sich ältere Damen von kleiner Statur an ihm. Meine Mutter war dennoch gezwungen, sich ein Kissen unter ihren Hintern zu schieben, um die Straße zu sehen, und ihren Sicherheitsgurt mit Wäscheklammern zu bestücken, damit er richtig saß. Waren diese Anpassungen vorgenommen, die eine gute halbe Stunde Zeit benötigten, schreckte sie selbst vor den weitesten Reisen nicht zurück. Wegen jeder Kleinigkeit fuhr sie quer durch Frankreich, um einer Freundin zu Hilfe zu eilen oder ihren Sohn zu trösten. Sie fuhr in herrlicher Unverzagtheit, trotz ihrer achtzig Jahre. Ich bin das Kind einer unbezähmbaren und großherzigen Frau: einem Ritter.

Und dann begannen ihre Seufzer.

Denn kaum war sie aus ihrem Wagen gestiegen, kaum hatte sie Zeit zu erschrecken – wie schlecht du aussiehst! –, setzte sie sich an den Tisch, an dem wir unsere Mahlzeiten einnahmen, holte ein Kartenspiel aus ihrer Handtasche, sah auf den Meeresarm hinaus, legte die Karten aus, sah erneut hinaus auf den Meeresarm, begann ihre Patience und seufzte.

Dazu muss man wissen, dass ihre Tochter mit ihrem Nachwuchs die Ferien auf der Insel verbrachte, die in Sichtweite auf der anderen Seite des Meeresarms lag.

Man muss darüber hinaus wissen, dass diese Tochter (meine kleine Schwester) und ihre Mutter (die auch meine ist) seit Jahren keinen Kontakt mehr zueinander gehabt hatten. Jeder weiß, dass Familien Brutstätten des Schmerzes sind und dass niemand eine größere Gabe besitzt, sich gegenseitig stumm und grausam Leid zuzufügen, als Mutter und Tochter.

Meine Mutter spielte also ganz allein Karten auf der rotweißen Vichy-Karo-Tischdecke, blickte auf das Meer und seufzte:

«Wenn ich daran denke, dass meine Enkel da drüben sind …»

«Wenn ich daran denke, dass sie langsam erwachsen werden und ich sie nicht sehe …»

«Wenn ich daran denke …» usw.

Nach zwei Tagen und zwei Nächten dieser Höllenmusik (Seufzer und Kartenklopfen – «Mama, meinst du nicht, du solltest schlafen gehen?» «Wie soll ich schlafen, wenn ich so nahe bei meinen Enkeln bin?» – Seufzer und Kartenklopfen – «Mama, hör bitte auf damit.» «Was soll ich denn sonst tun?») trat der Sohn, den sie trösten sollte (also ich), zu ihr. So sanft er für gewöhnlich war, jetzt fühlte er eine Art Wut in sich aufsteigen. Bevor er sich zu Dingen hinreißen ließ, die er bereuen würde und von denen ihm eine leise Stimme verblüfft sagte, dass sie bis zum Totschlag führen könnten, bat er seine Mutter, diese Mutter, die er mehr als alles auf der Welt liebte, sie möge gehen.

«Aber ich bin doch gerade erst gekommen!»

«Ich bitte dich, geh wieder.»

«Wenn ich daran denke, dass ich herkam, um dich zu trösten …»

«Es wäre besser, wenn du wieder gingst.»

Das Kissen wurde wieder dort platziert, wo es hingehörte, ebenso die Wäscheklammern. Und der grüne Würfel fuhr davon, wie er gekommen war.

Es kam der Tag, an dem der Bruder mit der einzigen Liebe die Fassung verlor.

Er verstand, dass sein großer Bruder sich weigerte, seinen Körper und seine Seele in diese groteske Waschmaschine hineinzustecken, die man «Trauerarbeit» nennt. Aber das war kein Grund, von morgens bis abends eine untröstliche Miene aufzusetzen, alle Augenblicke lang zu seufzen oder, noch schlimmer, die Zähne zusammenzuschlagen, damit jeder merkte, dass er ein Seufzen unterdrückte.

Noch unerträglicher als diese Weinerlichkeit war der neue Dünkel, einmal eine verwandte Seele getroffen zu haben. Eine verwandte Seele, die nur der Tod usw.

Das konnte der Bruder mit der einzigen Liebe nicht hinnehmen. Eine Richtigstellung war dringend geboten: Er, er allein hatte die einzige Liebe erlebt, er allein hatte sie noch immer und würde sie weiterhin haben.

Er bestellte also seinen Bruder außerhalb der üblichen Dienstage ein, wie immer im Restaurant der weißen Russen, *Chez Dominique*. Dort knallte er ihm diese Wahrheit an den Kopf:

«Eine Liebe, die aus dem Tod entstanden ist, ist keine einzigartige Liebe.»

«Wie bitte?»

«Du liebst sie immer mehr, seit sie tot ist. Du brauchst also den Tod, um sie zu lieben. Es ist also eine Liebe zu dritt: sie, du und der Tod.»

Die Faust des Älteren verfehlte den Backenknochen

des Jüngeren nur knapp. Es war ein kritischer Augenblick, und der eine wie der andere konnte sich ein Lächeln nicht verkneifen: Ein Hauch ihrer Kindheit hatte sie gestreift, die Erinnerung an schreckliche Kämpfe, die für den Jüngeren zweimal im Krankenhaus geendet hatten. Weit entfernt, die beiden Brüder zu besänftigen, entfachte dieser Anklang an alte Zeiten die Wut erst recht.

Man muss zugeben, dass der Jüngere seinen großen Bruder nicht schonte.

«Reg dich nicht auf, das kommt häufig vor. Die meisten Menschen brauchen einen Dritten, um zu lieben, einen Liebhaber zum Beispiel oder eine Geliebte. Bei dir ist der Dritte im Bunde eben der Tod. Mach, was du willst. Aber komm mir nicht damit, dass es die große Liebe war.»

Glücklicherweise hielten die Kellner seinen großen Bruder weiterhin fest: Sonst hätte es hier, bei den weißen Russen, einen Mord gegeben.

Der Wirt bedauerte lange, dass das Drama nicht stattfand. Hin und wieder machte er den Kellnern daraus einen Vorwurf.

«Ihr hättet sie machen lassen sollen. Denkt nur, was für eine Werbung das für unser Restaurant gewesen wäre!»

«Kommen Sie, Chef, das meinen Sie nicht im Ernst, oder?»

«Das Leeren des Speichers».

In unserer Gegend der Bretagne werden Flohmärkte so genannt, vielleicht um ihnen eine familiäre Note zu geben. Denn der Charme eines Flohmarkts ist es, Menschen zusammenzubringen, die mit der Vergangenheit handeln, professionelle Händler ebenso wie Liebhaber. Scheinbar wertvolle Dinge, falsche, aber sorgfältig gearbeitete maritime Antiquitäten, Sextanten, Fernrohre, Messinglampen ..., dazwischen Berge von Müll, angeschlagene Tassen, Devotionalien, 45-mm-Schallplatten von Sheila, den Platters ... Die örtlichen Vereine präsentieren sich für gewöhnlich in unmittelbarer Nähe des Zentrums der Veranstaltung: beim Getränkestand und seinen Anhängseln, den Buden, in denen man isst. Und während man von einem humanitären Anliegen zum nächsten stolpert – Fair-Trade-Baumwolle, die Rettung der Meere, die Pflege der bretonischen Sprache von der ersten Klasse an, der Hunger in Niger –, weht einem der Duft von Bier, Bratwurst und Ferkel um die Nase.

Zuerst sah ich das Spruchband, das zwischen zwei als Kleiderhaken dienende Hirschgeweihe gespannt war:

LATEINAMERIKANISCHE TÄNZE IM TRÉGOR
INTERNATIONALER FREUNDESKREIS

Aus einem Gettoblaster, der seine besten Tage hinter sich hatte, tönte ein knisternder Salsa und versuchte, sich einen Weg durch die von Seemannsliedern bereits ausgefüllte Atmosphäre zu bahnen. Männer und Frauen aller Altersstufen, zweifellos die Mitglieder des Internationalen Freundeskreises, stießen fröhlich auf irgendeine gute Nachricht an. Keiner sah sehr südamerikanisch aus, vierschrötige Menschen mit eher rötlicher als olivbrauner Hautfarbe, mit eher schwerem als wiegendem Schritt und eckigen statt fließenden Bewegungen.

Diese sympathische Plumpheit überzeugte mich. Ich erkannte mich mühelos darin wieder. Sie verstehen: Eine Riege von Hidalgos hätte mich in die Flucht geschlagen. Ich trat näher.

«Madame Ochoa, Madame Ochoa, ein neuer Tänzer!»

Man drängelte, um mich vorzustellen, man schlug sich beinahe darum, meine Aufnahme zu unterstützen. Die Gruppe der Zecher machte Platz, und die Chefin erschien, die Lehrerin, die denkwürdige Madame Ochoa, ein kleines, einnehmendes Weibsbild, allerdings in Wespenfarben gekleidet, das T-Shirt gelb, alles andere, Hose, Augen, Haare, war schwarz.

«Sie sind also fest entschlossen, richtig?»

Ich nickte. Ich war vollkommen verängstigt, denn ich ahnte, dass man sich mit einer solchen Frau nicht unüberlegt einlassen sollte.

Sie musterte mich von Kopf bis Fuß.

«Ausgezeichnet. Mal sehen, was sich machen lässt. Morgen, um 18 Uhr. Das dritte Haus hinter der Gautschi-Baustelle.»

Man gab mir ein Glas, denn jetzt gehörte ich zum Freundeskreis dazu, und schon stieß ich mit den anderen an. Die Stimmung steigerte sich ins Euphorische.

«Erinnerst du dich noch an den?»

Mit einer knappen Kinnbewegung, die durch ein schüchternes, fast trauriges Lächeln zurechtgerückt wurde, deutete einer der Tänzer auf den alten Gettoblaster, aus dem das kubanische Knistern quoll.

«Lass ihn doch, Jean-Loup! Wir haben alle einmal angefangen. Ich heiße Isabelle.»

An dem Tag hatte sie rotes Haar. Als Besitzerin eines Friseursalons war es ein Leichtes für sie, die Haarfarbe zu wechseln. Sie reichte mir die Hand. Ich wusste nicht, dass ich dabei war, die Tür zu einer riesigen Familie aufzustoßen: Da waren nicht nur Isabelle und Jean-Loup, sondern auch Tito Puente, Philippe, der Landwirt und Marathonläufer, Celia Cruz, Yvette, die Frau des Seekabellegers, Compay Segundo, Pierre-Louis und Nelly, die Besitzer der Werft, Gloria Estefan, Ibrahim Ferrer und Nathalie, die Schönheitskönigin, die Buchhändlerin vom Kreisverkehr ... ein bunt gemischtes Völkchen, die Künstler und wir, die Tanzschüler, über die die kleine Madame Ochoa herrschte.

«Du bist der dritte Neuling seit heute Morgen.»

«Wie ich euch sagte, solche Flohmärkte sind eine Fundgrube!»

«Wenn das so weitergeht, brauchen wir noch einen neuen Raum!»

«Ich wusste, Armorika* und Amerika sind miteinander verwandt.»

Madama Ochoa gab sich bescheiden.

«Ja, ich bin glücklich. Aber es bleibt noch viel zu tun ...»

Zu ihrem eigentlichen Ziel äußerte sie sich nicht.

* Antike Bezeichnung für die nordwestliche Küste Galliens zwischen der Seine und der Loire (Anm. d. Übers).

Fühlte sie sich mit der Mission betraut, die ganze bretonische Granitküste zu karibischer Geschmeidigkeit zu bekehren?

Eine hochgewachsene Blonde, Bénédicte, nahm mich unter ihre Fittiche.

«Recht hast du. Es ist nie zu spät, um damit anzufangen. Schau mich an. Stell dich darauf ein, dass du dich von Grund auf veränderst. Ich bin Künstlerin. Das Tanzen hat meine Skulpturen völlig umgekrempelt, du wirst sehen. Was für ein Glück, dass Madame Ochoa bei uns ist!»

Glück, Zufall oder, wenn man so will, klitzekleine Wahrscheinlichkeiten. Madame Ochoa, die Präsidentin und Gründerin des Freundschaftskreises, war nicht von hier. Väterlicherseits stammte sie aus Kuba, mütterlicherseits aus Trinidad, und ihre ersten beiden Ehemänner lebten in Caracas. Gepriesen sei der dritte, ein Spanischlehrer, der sie nach Lézardrieux ins Departement Côtes-d'Armor gelockt hatte.

Ich habe festgestellt, dass Tanzlehrer häufig fern von ihrer Heimat wirken. Vielleicht gibt es dort wenig Kundschaft, vielleicht muss man Länder und Meere überqueren, bis man Menschen findet, die bereitwillig dafür bezahlen, dass man ihnen beibringt, ihren Körper zu bewegen? Vielleicht ist aber auch keine Tanzfläche groß genug für einen Tänzer? Hat man einmal zu tanzen angefangen, hört der Tanz nicht mehr auf, die Schritte tragen einen ans andere Ende der Welt.

Ihre Absätze machten sie auch nicht größer. Man sah auf den ersten Blick, dass ihre Stärke nicht in ihrer Größe lag. Sie muss sehr früh das Interesse am Wachsen verloren haben. Als der Kopf etwa bei einem Meter sechzig angekommen war, wollte er nicht mehr höher hinaus, er blieb auf dieser Höhe und hat es offensichtlich nie bereut. Unter diesem Fixpunkt ging es drunter und drüber, Madame Ochoas Körper berauschte sich an Bewegungen. Arme, Hüften, Knie gaben sich nach Herzenslust hin, als wären sie Kinder, denen man das untere Stockwerk überlassen hat. Sie plapperten ununterbrochen, sie führten endlose, ziemlich chaotische Techtelmechtel auf: Komm her, riefen die Arme, und einen Moment später: Du kannst mir gestohlen bleiben; du kriegst mich, sagten die Hüften, und dann verweigerten sie sich; ich geh jetzt, sagten die Knie, oder, nein, ich komm zurück. Arme Liebhaber oder armer Ehemann, bei Madame Ochoa mussten sie einfach verrückt werden. Unser eigener Körper erzählt nur eine einzige Geschichte. Madame Ochoas Körper jedoch erfand ein gutes Dutzend gleichzeitig.

Sie bewegte sich allzu schön und allzu ungezwungen. Ein entmutigendes Talent für einen Lehrer. Wer hätte noch gehofft, mit großem Fleiß, ja sogar mit viel Übung und untadeliger Gewissenhaftigkeit in ihrem Unterricht eines Tages zu so wunderbar fließenden Bewegungen zu gelangen?

Ich merkte, dass man nicht zu ihr kam um zu lernen, sondern um in Entzücken zu geraten.

«Bitte, Madame Ochoa, zeigen Sie es uns.»

«Könnten Sie diese Schrittfolge noch ein einziges Mal vormachen, bitte?»

Doch sie ließ sich nicht um den Finger wickeln. Und dieser ständigen Bewegung wohnte ein starkes Berufsethos inne, ein wahrhaft pädagogischer Wille. Sie beabsichtigte nicht, ihr Silber zu verschleudern. Sie mühte sich wirklich ab. Hatte man sich erst für einen Kurs eingeschrieben, ließ sie nicht mehr locker. Sie forderte einen. Sie tobte.

«So geht das nicht.»

Dabei hatte ich alles beachtet. Den linken Ellbogen vom Körper abgewinkelt. Die rechte Hand flach zwischen die Schulterblätter meiner jungen Partnerin gelegt: Nathalie, die schöne Buchhändlerin, war Anfängerin wie ich, allerdings ungleich begabter. Und kein Fehler bei den Schritten. Natürlich konnte ich mir nicht verkneifen, eins, zwei, drei, vier, eins, zwei, drei, vier zu brummen, doch ich schwöre, niemand, nicht einmal das Ohr einer kleinen, gelb gekleideten Tanzlehrerin, nicht einmal Nathalies nur fünfzehn Zentimeter von meinem Mund entferntes Ohr hätte mich hören können. Und zum ersten Mal war mir die Schrittfolge gelungen, die mir so viel Mühe gemacht hatte: Grundschritt Mambo-Cucaracha. Ohne jede Leichtigkeit, aber mit gewissenhafter Genauigkeit und vollkommen richtig im Takt.

Warum jetzt diese kalte Dusche? Warum dieses «So geht das nicht»?

Die kleine schwarzgelbe Lehrerin streckte mich mit ihrem Blick nieder.

«Du bist lächerlich.»

An dieser Feststellung ist nichts Neues. Doch wenn ich bitten darf, Madame, was hat diese Lächerlichkeit plötzlich so verstärkt?

«Du hüpfst.»

Wie man sich vorstellen kann, raubte mir diese Antwort den Atem. Mir war, als hätte ich genügend andere und erheblich schwerere Sünden wider den Geist des lateinamerikanischen Tanzes begangen.

«Jemandem, der hüpft, kann ich nichts beibringen.»

Sie schlüpfte bereits in anderes Schuhwerk, Tennisschuhe statt Halbschuhen mit Absatz. Schon schloss sie ihren Plastikbeutel. Mit einer brüsken Kopfbewegung, einer Art Abscheu wies sie den Schein zurück, den ich ihr hinhielt, und die kleine gelbschwarze Gestalt verschwand. Ich hörte noch lange, wie sie wütend über die Holzterrasse davonstapfte, und an Tagen, an denen mich der Weltschmerz packt, meine ich bisweilen, sie noch immer zu hören.

So endete der erste Abschnitt meiner tänzerischen Karriere.

Da rief ich meine Frau zu Hilfe.

Sie hatte immerhin seit ihrer Kindheit getanzt. Fast hätte sie aus dem Tanzen einen Beruf gemacht: Zwei Ensembles wollten sie haben. Der Tanz war ihre große Sehnsucht, wie meine die Musik ist.

Zu sagen, ich hätte sie zu Hilfe «gerufen», ist eigentlich zu viel gesagt, es passt nicht, es hätte nur gepasst, wenn wir beide am Leben gewesen wären.

Ich habe mich damit begnügt, mich auf eine Bank zu setzen, die sie gerne mochte, am Ende des Kais, an dem die Sandschiffe anlegten. Dort luden sie ihren Fang aus: kleine hellgelbe Berge, die nach Meeresgrund dufteten. Sie schwärmte für diesen Duft, ich sah, wie sich ihre Augen mit Tränen füllten und ihre Nasenflügel zitterten.

«Erinnert dich das nicht an etwas?»

Meine Frau träumte davon, eines Nachts hierherzukommen und dann auf dem nassen Sand mit mir zu schlafen. Sie sagte auch: «Du weißt doch, ich rieche auch nach Meeresgrund, du kannst vergleichen und mir dann sagen, wie es ist.» Wir haben dieses schöne Vorhaben nicht in die Tat umgesetzt, ebenso wenig wie viele andere. Wir hatten nicht genug Nächte.

Ich setzte mich. Und dann wartete ich.

Ich sah die Flut kommen und alles, was sie mitbrachte, Äste, Holzstämme, Plastikflaschen und Rentnerschiffe: Es gibt keine Berufsfischer mehr bei uns. Alle fischen, aber alle sind in Rente.

Und schließlich kam sie.

Plötzlich war sie da.

Es war immer ihre Art, plötzlich da zu sein, ohne dass man sie hatte kommen hören. Ihr Tod hatte eigentlich nichts daran geändert.

«Geht es dir nicht gut? Kann ich etwas für dich tun?»

Ich dankte ihr unverzüglich. Sie hasste Dankesworte, und wir hatten ja auch kaum Zeit: Tote verschwinden von jetzt auf nachher, ohne Vorwarnung, so wie sie gekommen sind. Ich kam schnell zur Sache: meine Hüpfer. Ich ahnte, dass sie lächelte. Ich wagte nicht, mich umzudrehen und sie anzusehen.

«Lass uns von vorne anfangen, also bei der Erde. Welche Beziehung möchtest du zur Erde haben?»

Ich erkannte ihre Stimme nicht wieder. Sie sprach langsam, mit einer gewissen Feierlichkeit im Tonfall. Vielleicht hatte man im Jenseits eine Universität eröffnet? Irgendwie muss man ja die Zeit totschlagen. Vielleicht besuchten die Toten Abendkurse? Ihre Sätze hatten mehr

 Klarheit, mehr Logik, ausgerechnet bei ihr, der ich bis zur Erschöpfung, aber mit Begeisterung, von einer Abschweifung zur anderen gefolgt war; wenn sie erzählte, hatte ich mich immer wie eine Gämse gefühlt, eine alte Gämse, die von Fels zu Fels springt. Und jetzt gab es nichts auszusetzen, Subjekt, Verb, Ergänzung, und welch ein Fortschritt bei der Zusammenführung!

«Es gibt Tänze, die schlagen die Erde. Du machst dich schwer. Du willst hinein. Die Füße stampfen immer wieder auf den Boden, als klopften sie an einer geschlossenen Tür. Andere Tänze hoffen, sie würden eines Tages von der Erde abheben. Du springst, springst immer wieder, du machst dich leicht, versuchst, dein Gewicht loszuwerden. Dann gibt es Tänze, die gleiten über die Erde, streifen sie, berühren sie kaum, streicheln sie ... Und zuletzt gibt es Tänze, die tätscheln: Polka, Gavotte. Man weiß nicht so genau, was diese Tänze von der Erde wollen, vielleicht Spaß? Oder sie wecken? Sie kitzeln?»

«Verstehe. Ich habe mich im Tanz geirrt.»

«Ich habe dich nicht tanzen sehen, aber ich weiß, du bist noch nicht so weit. Du tanzt noch nicht. Vielleicht wird es dir eines Tages gelingen. Im Augenblick sammelst du. Du verwechselst. Beim Tango springt man nicht, beim afrikanischen Tanz gleitet man nicht ... Wer alle Sprachen vermischt, kann nicht sprechen. Ich glaube, die Erde ist wie wir: Sie will wissen, an wen sie sich halten muss, mit wem sie zu tun hat. Immerhin strampeln wir auf ihrem Rücken. Man kann nicht alles gleichzeitig machen. Welchen Tanz solltest du tanzen?»

«Salsa, Mambo, die Tänze der Karibik ...»

«Und du hüpfst? Ach, du Unglücklicher!»

Ich drehte mich um.

Sie war nicht mehr da. Neben mir war die Bank leer. Daher wusste ich, dass ich nicht geträumt hatte. Sie war mir wirklich zu Hilfe gekommen. Ich habe bei keinem anderen Menschen diese schlechte Sitte erlebt, unvermittelt vom Tisch aufzustehen oder, im Bett, mitten im Satz, bei einer zärtlichen Umarmung einzuschlafen. Wahrscheinlich fühlte sie sich schwach und ahnte, was sich in ihr anbahnte. Sie hat mich allein gelassen mit all diesen unvollendeten Sätzen, die ich ergänzen muss. Wie man einem Kind ein Spiel vorschlägt, ihm Bilder zum Ausmalen gibt, um es abzulenken, oder vielmehr, um es zu trösten.

Ein Sandschlepper lief ein.

Ich war nicht so mutig zu warten, bis er seine Ladung löschte, nicht so mutig, den Duft zu riechen, den sie allen anderen vorzog, den Meeresgrund.

Ich kehrte in die Tanzstunde zu Madame Ochoa zurück. Ich war eigensinnig. Einen nach dem anderen merzte ich meine Hüpfer aus.

Eines Tages nickte sie.

«So langsam sieht es aus wie Tanzen.»

Sie lächelte mir zu.

«Noch nie ist mir jemand mit so wenig Talent untergekommen … Und auch nie jemand, der so … Wie sagen Sie? Ein schwieriges Wort … halsstarrig ist? Darf ich Sie etwas fragen?»

«Was Sie wollen.»

«Warum legt sich jemand wie Sie bei so wenig Begabung so ins Zeug?»

«Wegen der Gespenster.»

Ich hatte seit Langem geahnt, dass der Tanz, unter anderem, der Humor des Körpers ist: Tanzen lernen heißt lernen, sich über die Plumpheit unseres Körpers, aber auch über unsere hochtrabenden Worte lustig zu machen. Der Tanz ist ein Schalk.

Und deshalb ist er eine vollkommene Waffe gegen Gespenster. Gespenster grinsen höhnisch, aber was ist dieses Grinsen anderes als der Ausdruck von Verachtung, der Nichte der hochtrabenden Worte? Jemand, der herablassend grinst, hält sich für überlegen, er kann gar nicht anders, als sich demjenigen gegenüber für überlegen zu halten, den er auslacht.

Doch der Schalk ist dem überlegen, der höhnisch lacht, denn Schalkhaftigkeit verleiht Flügel. Gibt es ein größeres Vergnügen, als auf einen herabzublicken, der sich für den Größten hält?

Seit den Stunden bei Madame Ochoa stehe ich auf, wenn sich ein Gespenst nähert, und setze mich in Bewegung, in eine Bewegung, die dem Tanzen ähnelt. Musik ist nicht nötig, ich gleite. Gespenster mögen es nicht, wenn man gleitet. Sie spüren, dass man ihnen auf diese Weise entkommt. Sie haben recht.

Ich erzähle diese Geschichte für die Jüngeren, aus echter pädagogischer Sorge und dem wachsenden Bedürfnis, etwas weiterzugeben.

«Wie machen Sie das nur in Ihrem Alter? Wie kriegen Sie das bloß hin?», fragen sie mich im Tanzlokal oder auf der Straße bei der *Fête de la musique*, wenn ich einmal drei Schritte hintereinander tanze. «Wie geschmeidig Sie sind, Monsieur! In Ihrem Alter! Darf ich Sie fragen …? Sechzig! Was für ein Gleitschritt, wie eine Feder streichen Sie über den Boden!»

Man müsste ihnen sagen, wie beschämend, was für ein tollpatschiges Hüpfen meine ersten, meine allerersten Versuche waren. Man fragt mich oft nach der Adresse von Madame Ochoa. Dann breite ich die Arme aus und zucke mit den Schultern. Es ist kein Unwille, ich habe keine Bedenken, ich wüsste nicht, warum ich diesen Schatz für mich, für mich ganz allein behalten sollte … Sie ist einfach weg. Eines Tages flog Madame Ochoa davon … Ich sagte ja bereits: Für einen Tänzer wird die ganze Erde zur Tanzfläche. Wenn Füße, wenn Beine in Bewegung kommen, kann keine Mauer, kein Meer sie mehr aufhalten.

Ich ärgere mich darüber. Manchmal spüre ich, wie meine Füße, meine Beine unruhig werden, sie wollen ihre gewohnte Umgebung verlassen. Etwas sagt mir, dass sie Madame Ochoa wiedersehen wollen. Ich sollte die Zügel lockern und ihnen folgen, wohin sie mich auch tragen. Denn ich kann Madame Ochoa nicht genug danken. Aber ich bleibe hier. Ich beruhige meine Füße, meine Beine, so gut ich kann, und nehme das Alter als Ausrede, meine Schwerfälligkeit, meine akuten Venenentzündungen. Ihnen gestehe ich es. Es sind scheinheilige Entschuldigungen, frei erfundene Umstände. Trägheit, gewöhnliche Faulheit. Ich hätte meinen Beinen, meinen Füßen freien Lauf lassen sollen. Sie hätten sie sicher mühelos dort gefunden, wo sie heute ist, um Hüpfer zu bekriegen.

Es genügte nicht zu tanzen.

Ich suchte weiter nach meiner Frau. Wochenlang, monatelang. An den unglaublichsten Orten. Weit weg von dem Aufenthaltsort, der den Toten für gewöhnlich zugedacht wird.

Häufig meinte ich zu hören, wie sie mich rief:

«Kommst du endlich? Du lässt dir Zeit!»

Sie wusste gar nicht, wie recht sie hatte.

Sie hatte mir häufig von einer schlimmen Kindheitserinnerung erzählt. Eines Tages hatte sie sich beim Versteckspiel zu gut versteckt, und man hatte sie vergessen. Ihre Freunde spielten längst etwas anderes, ohne nach ihr gerufen zu haben. Aus Enttäuschung kroch sie erst lange Zeit später, mitten in der Nacht, aus ihrem Versteck, als ihre Familie sich voller Angst endlich auf die Suche nach ihr gemacht hatte. Sie weinte:

«Ich dachte … ich dachte, ich könnte nie mehr zurückkommen.»

Die Familie war fassungslos.

«Von wo zurückkommen? Aus deinem Versteck? Du Dummerchen, man kommt doch jedes Mal aus seinem Versteck wieder hervor!»

«Nein! Aus meinem Verschwundensein.»

Dabei fällt mir die UNESCO ein. Durch Jean d'Ormesson konnte ich mich in eine Sitzung des International Council for Philosophy and Humanistic Studies einschleichen. Verschiedene Mathematiker hatten vorgetragen, dann ein Wissenschaftshistoriker, der ein Spezialist für Kepler war (jenen Deutschen, der allein durch Berechnungen die Existenz eines Planeten beweisen konnte, den man nie zuvor gesehen hatte). Zuletzt sprach ein alter Afrikaner, Amadou Hampâté Bâ.

«Man muss sich immer wieder vor Augen führen: Dass man etwas weder sehen noch anfassen oder fühlen kann, ist noch kein Beweis, dass es nicht existiert.»

Ich danke ihm. Er hat mir einen neuen Weg eröffnet.

Ich erzähle Ihnen nicht alles, ich fasse zusammen, vereinfache. Noch einmal spielte ich ein wenig, ein klein wenig Mitterrand. Ich fragte alle möglichen Leute aus, angefangen bei den Physikern, den Fachleuten für Licht und Wellen (gibt es Infrarotlicht? Natürlich! Und Ultraviolett? Natürlich auch! Und kein menschliches Auge sieht es? Niemand. Dann ist meine Frau also noch da, nur aus meinem Gesichtsfeld verschwunden!).

Es waren diese Wissenschaftler, die mit mir über die Zeit gesprochen haben. Von denen ich gelernt habe, die beiden möglichen Konzepte der Zeit auseinanderzuhalten. Nach dem ersten, der *tensed theory of time*, fließt die Zeit. Die Zeit ist eine dynamische Entität und vom Raum unterschieden. In dem Maß, in dem die Zeit vergeht, geht die Menschheit einen der Wege, die ihr möglich sind. Die Welt ist wie ein Baum, und während die Gegenwart den Stamm hinauf steigt, fallen immer mehr Zweige (oder Möglichkeiten) hinab.

Bis hierher ist noch nichts verwirrend.

Die zweite Auffassung ist jedoch schwieriger: «Nach der *tenseless theory of time* gleicht die Zeit in allem dem Raum. *So wie es New York, London und Moskau gibt, aber nicht am selben Ort, so gibt es Vergangenheit, Gegenwart und Zukunft, jedoch nicht im selben Augenblick.*»

Klarer hätte die Botschaft nicht sein können: Meine Frau wohnte also in der Zeit. Sehr schön. Aber wie konnte man in dieses Reich gelangen?

Wieder klemmte ich mich verbissen dahinter. Es musste doch Wege geben, in dieses Universum zu gelangen, wo Zeit und Raum ineinanderflossen!

Ich las John Ellis McTaggart und Aristoteles, Bertrand Russell und C.D. Broad ... Ohne einen anderen Gewinn als die Erkenntnis meiner intellektuellen Beschränktheit: Diese Leute bewegten sich in Abstraktionen, die mir immer unbegreiflich bleiben werden.

Ich war klug genug, einen Weg aufzugeben, dem mein armer Kopf nicht gewachsen war. Außerdem dachte ich mir – niemand ist geschickter als ich, wenn es darum geht, Entschuldigungen für meine Unzulänglichkeiten zu finden –, dass meine Frau, so sinnlich, so lebendig und instinktgeleitet, wie sie war, wohl kaum zu diesen unendlich komplexen Gleichungen Zuflucht genommen hätte.

Ab und zu packt mich wieder das Virus. Dann rufe ich befreundete Physiker an. Sie weisen mich auf eine bevorstehende Tagung hin, bei der nebenbei ein Nobelpreisträger bekannt gegeben wird. Sie wünschen mir Glück: «Du wirst sehen, er spricht schnell, aber sehr klar.» Oder: «Das mathematische Niveau dürfte nicht sehr hoch sein.»

Mit klopfendem Herzen gehe ich dann in die École Normale Supérieure oder ins College de France. Wie immer gebe ich nach drei Minuten auf. Die Zuhörer nicken regelmäßig mit dem Kopf. Alle scheinen zu verstehen, worum es geht.

Der Vortrag geht dem Ende zu, der Redner legt die Kreide aus der Hand.

«Gibt es noch Fragen?»

Ich widerstehe mit all meiner Kraft der Versuchung, die Hand zu heben. Eines Tages werde ich es nicht mehr aushalten. Ich werde einen Gelehrten fragen, ob er in den höheren Sphären, in denen er sich bewegt, nicht eine Sonne getroffen hat, in einem jener berühmten und mir auf ewig unverständlichen Winkel der *tenseless theory of time*.

Ich muss noch einen letzten Rückfall gestehen.

Eine der übelsten Grausamkeiten des Todes ist das Vergessen. Man vergisst, dass der andere nicht mehr ist. Oder vielmehr, man hat noch keine Erinnerung daran: Das Gedächtnis verweigert sich dieser Information. Man sieht, man dreht sich um, man glaubt, jemandem zu begegnen, und da ist niemand. Ich lag in meinem Bett, unserem Bett. Ich bewegte vorsichtig ein Bein, ganz vorsichtig, um sie nicht zu wecken. Ich schlüpfte an ihre Seite. Ich wollte mich gerade im Dämmerlicht ihrem Kopf nähern, den Atem aus ihrem Mund spüren, bevor das erste jener Worte fallen würde, die mich immer so betörten. Ich streckte den Arm aus, der ins Leere griff.

In diesem Augenblick flüsterte sie mir etwas zu, bestimmt wollte sie sich entschuldigen, dass sie nicht mehr da war. Eigentlich war es eine Wiederholung von Worten, die sie vor langer Zeit einmal geflüstert hatte, ganz am Anfang unserer Beziehung, in den schrecklichen Stunden, in denen das Schicksal in der Schwebe war: Bleibt es bei einer kurzen Begegnung, einem leidenschaftlichen Strohfeuer, oder wird der Anker geworfen? An einem der ersten Morgende, auf dem Sprung zur Arbeit, hatte sie sich zwischen Tür und Angel zu mir gebeugt und mir ins Ohr geflüstert:

«Was für eine Nacht! Egal, was daraus wird, mich werden Sie verrückt gemacht haben.»

Übergehen wir den grotesken Stolz, der mich bei diesem Kompliment erfüllte, das zweifellos allein der Höflichkeit geschuldet war. Als sie es sagte, zuckte ich zusammen. Bald darauf verstand ich, welchen Grund meine Überraschung hatte. Ich hatte diesen Satztyp schon häufig gelesen, doch noch nie hatte ich einen lebendigen Menschen, und wie lebendig sie war, in die Tiefen der französischen Sprache greifen und diese Zeitform hervorholen sehen: die vollendete Zukunft.

Eine merkwürdige Zeit. Wie kann etwas vollendet sein, was noch nicht stattgefunden hat, wie kommen Zukunft und Vorzeitigkeit, Künftiges und Vergangenes zusammen?

Ich lernte, mich nicht mehr zu wundern. Denn während unseres ganzen gemeinsamen Lebens hat meine Frau nie aufgehört, in der vollendeten Zukunft zu sprechen. Armer Schatz! Sie muss sich bedroht gefühlt haben. Die Verwendung dieser Zeit war für sie eine Art, das Schicksal zu beschwören. So nahm sie auf fast jeder gemeinsamen Reise beim Rückflug meine Hand mit den Worten: «Zumindest werden wir Ägypten gesehen haben» oder «Sag mir, was werden wir an Indien zu guter Letzt am meisten geschätzt haben?» Diese vollendete Zukunft zog Bilanz, schaffte Sicherheit, Reichtümer, die wir für immer heimgebracht hatten und die uns nie mehr jemand wegnehmen konnte.

Es war drei Jahre nach dem Begräbnis. Ihre Mutter und ich hatten gemeinsam gegen die Krankheit gekämpft. Sie tagsüber, ich nachts. Seit der Niederlage hatten wir uns nicht mehr getroffen. Und jetzt sah sie mich in einem Café am Montparnasse weinen. Sie war gekommen, um sich bei mir Rat wegen eines Buchs über Sagen zu holen. Ihr ganzes Leben hatte sie ratlosen Kindern Sagen aus der griechischen Mythologie erzählt.

Und jetzt saß ich da und weinte.

Sie legte ihre Hand auf meine.

«So ... werden Sie sie geliebt haben.»

Was glaubte sie eigentlich? Dass ihre Tochter nur bei mir vorbeigekommen war? Eine kurze Episode, die schon wieder vorbei gewesen war, kaum dass sie angefangen hatte?

Ein strahlendes Lächeln leuchtete auf ihrem Gesicht. Wenigstens machten meine Tränen jemandem eine Freude. Sie stammelte «Danke» und eilte davon wie jemand, der nichts von einer plötzlichen Freude verpassen will. Der darüber nachdenken und sie in Einsamkeit auskosten will.

Ich weiß, man soll niemals nie sagen, und ich misstraue mir. So wie ich mich kenne, könnte es durchaus sein, dass ich später einmal urplötzlich die Fährte wieder aufnehme und noch einmal versuche, sie wiederzufinden.

Doch bis auf den heutigen Tag war die vollendete Zukunft meine letzte Forschungsreise.

Ich trommelte meine Grammatik-Freundinnen zusammen, Danièle Leeman, ihres Zeichens Professorin, und ihre beiden Schülerinnen Carine Marret und Valelia Muni-Toke. Sie wunderten sich gar nicht. So sollte man übrigens seine Freunde erziehen: sie daran gewöhnen, dass sie sich nie über die Fragen wundern, die man ihnen stellt. Und für einen selbst gilt: alles tun, um seine Freunde weiterhin in Erstaunen zu versetzen.

Neben anderen Geschenken, die sie mir gemacht haben, verdanke ich ihnen, dass sie mich auf diese einleuchtenden Bemerkungen Paul Ricœurs aufmerksam gemacht haben:

> An der Wurzel des Gefühls, das ich empfinde, ist das Vermächtnis. Ich bin nicht von gestern. Ich komme in eine Welt, die schon vieles versucht hat, und ich bin sehr erstaunt, dass die großen Epochen wie das Mittelalter, die Renaissance, die Reformation, die Aufklärung, der Nationalismus und der Sozialismus des 19. Jahrhunderts etwas wollten, und dass keine Finalität bis zu ihrem Ende geführt wurde. Im Verzeichnis der Vermächtnisse steht also nicht nur das, was ich zurückweise, sondern auch das, was mir anvertraut ist: die Zukunft der Erinnerung. Deshalb widersetze ich mich mit aller Kraft den ultranegativen Urteilen über unsere Zeit, nach denen es heute angeblich weder

Anhaltspunkte noch Werte mehr gibt. Wir in Europa sind gescheiterte Erben. Und ich persönlich fühle mich ebenso als Verwalter des jüdisch-christlichen Erbes wie des Erbes der Renaissance, der Reformation, der Aufklärung, der Nationen und Revolutionen des 19. Jahrhunderts. *In diesem Sinn ist die Zukunft eine Wiederaufnahme der vollendeten Zukunft. In der Analyse, der ich das Gedächtnis unterziehe, gibt es immer ein Versprechen vor dem Versprechen: ein Versprechen, das andere mir gegeben haben und für das ich im Gegenzug verspreche, Wort zu halten. Das Versprechen ist also kein punktueller Akt. Es hat seine Geschichte. Und man kann es insofern als etwas Zukünftiges betrachten, als es zugleich ein Rückgriff auf eine Dimension der Vergangenheit ist. Das Versprechen ist nicht nur auf die Zukunft gerichtet, es war die Zukunft der Vergangenheit. Das habe ich kürzlich die vollendete Zukunft genannt.*

«Versprechen.» «Versprechen», wiederholte ich wie ein Kind, das sich an einem neuen Wort freut und nicht aufhört, es zu wiederholen. Ein Versprechen. Kann man in einem Versprechen wohnen? Ist ein Versprechen ein Land?

Ja, aller Wahrscheinlichkeit nach hatte sich meine Frau mit Sack und Pack im Königreich des Versprechens niedergelassen.

Ja, sie übergab mir den Stab, um mit Paul Ricœur zu sprechen: Jetzt lag es an mir, das Versprechen zu halten, das ihr kurzes Leben gewesen war.

Ja, sie war nicht nur ins Unsichtbare verschwunden (eine schlichte materielle Feststellung), sie war zum Versprechen geworden.

Und auf dieselbe Weise, wie in meiner guten alten *tenseless theory of time* Raum und Zeit dieselbe Beschaffenheit hatten, schien mir, als gäbe es im Grunde keinen Unterschied zwischen Antworten und Fragen: In den einen lag ebenso viel, exakt genauso viel Ungewissheit wie in den anderen Sicherheit.

Und so kehrte, dank Paul Ricœur, Ruhe in mein Leben ein. Die Trauer verschwand nicht, aber statt auf meinen Kopf zu drücken wie ein schwarzer Deckel, wie ein Grabstein, hat sie sich in der Luft aufgelöst.

Und sie, meine Frau, hat mit diesem unerträglichen Schmollen aufgehört, das ihre Abwesenheit bedeutete. Diese Veränderung hat unsere Beziehungen stark verbessert. Wie wollen Sie mit einer Schmollenden ins Gespräch kommen? Mit einem Versprechen dagegen können Sie endlos Gespräche führen.

Viele unter meinen Freunden denken, ich sei verrückt. Denn ich spreche in jedem Augenblick mit meiner Frau. Stellen Sie sich jemanden vor, der ein Zimmer betritt. Er sieht, wie ich meine Lippen bewege, wie ich gestikuliere, um meinen Argumenten Nachdruck zu verleihen. Er macht schnell die Tür wieder zu und hat es eilig, die anderen zu warnen: Nun sagt mal, das geht doch nicht, wir müssen etwas tun, unser Freund verliert den Verstand!

Irrtum: Nie war meine geistige Gesundheit so blühend.

Bei einer dieser Unterredungen mit der Sonne erzählte ich ihr von meiner Begegnung mit I.

Sie bat mich um eine vollständige und vor allem unnachsichtige Beschreibung («Ich kenne deine anfängliche Begeisterung und deine Blindheit!»).

Ich errötete und gehorchte.

Sie hat genickt – «ich kenne den Typ Frau» – und mir zwei sehr präzise technische Tipps ins Ohr geflüstert. Wenn ich sie befolgte, würde ich sechs Monate an Liebesleben gewinnen.

Je nach Wertschätzung, die man ihm entgegenbrachte, gingen die Meinungen über die Trauer, die Traurigkeit des großen Bruders, weit auseinander.

Seine Feinde, von welchem Messinstrument auch immer auf dem Laufenden gehalten, bemängelten seine Trauer als ungenügend und entrüsteten sich darüber: Sie sahen sich darin bestätigt, dass diese Person die Verstorbene ganz eindeutig nicht geliebt hatte; wie auch, da er doch von Natur so herzlos war; und ich kann Ihnen eines sagen: Er hat sie immer betrogen. Tatsächlich? Ja. Auch als sie krank war? Zu der Zeit besonders.

Bei diesem gehässigen Spielchen nahm es niemand mit einer Tunesierin auf. Bei jedem Treffen drückte sie mich an ihre Brust wie ein gutes Stück Brot. Und unablässig kolportierte sie solche Schauergeschichten. Boshaftigkeit ist eine Art der Faulheit. Sie hat mich immer geärgert.

Meine Freunde dagegen wussten, welche Untröstlichkeit sich hinter dem fortdauernden Lächeln verbarg. Ihre Messlatte für die Traurigkeit war gerade dieses unermüdliche Lächeln. Je breiter es wurde, desto mehr fröstelten sie: Sie hatten bemerkt, dass ein neuer Schlag ihren Freund niederstreckte. Sie kannten ihn lange genug, um sich von diesem Lächeln nicht hinters Licht führen zu lassen. In der Regel gibt die Größe des Paravents einen getreulichen Hinweis auf das Ausmaß und die Gefahr der Dinge, die man verbergen will.

Ich weiß, dass meine Freunde eine Generalversammlung einberufen hatten, auf der Tagesordnung stand ein einziger Punkt: Wie kann man ihm helfen?

Alle Vorschläge wurden in einem großen Heft festgehalten und mit den Vornamen derer versehen, die für die Umsetzung zuständig waren.

Spannende Kolloquien über die Globalisierung (das gibt es): Jean-Hervé, Catherine.

Feinschmeckereskapaden an der Küste von Toulon: Frédérique, Michel.

Besuch bei einer großen, vollzähligen Familie. Jedes der vier Kinder (Yann, Adèle, Louis und Aude) nahm mich auf seine Weise in den Arm.

Eine Auswahl von Büchern, mit dem Schwerpunkt auf Biografien, deren Lektüre beweist, dass auf Regen häufig gutes Wetter folgt: Jean-Marc, Charlotte.

Ausflüge in die *good old days*: Christophe.

Begegnung mit genialen kubanischen Musikern: Claudine.

Ein großer Vorrat an neuer Freundschaft: Jacques.

Berichte von schwindelerregenden Bergtouren im Himalaja (Angst kann manchmal die Trauer zerstreuen): Philippe.

Lektionen der Verschwiegenheit im Wissen und der Wachsamkeit in Auseinandersetzungen: Marie Paule.

Einladung zu extrem anstrengenden Segelregatten: Gwen, Patrick, Jimmy …

Teilhabe am Wesentlichen, ohne etwas zu verraten: Benedict, Anne-Yvonne.

Raffinierte Abendessen, mit dem rituellen Geschenk eines Töpfchens Milchkonfitüre für das Frühstück am nächsten Tag: Philippe, Jenny Paule.

Heimliche Freuden: Lora.

Einen Monat später wollte man sich wieder treffen und erörtern, objektiv erörtern, wie sich seine Traurigkeit entwickelt hatte. Je nach den Ergebnissen der Untersuchung wollte man dann über die weitere Behandlung entscheiden. Schon jetzt hatte ein Arzt, Serge G., es übernommen, die Möglichkeiten der Anwendung anderer, radikalerer Mittel zu erforschen.

Ein einziger Vorschlag war mit großem Gelächter und spöttischen Bemerkungen quittiert und sogleich verworfen worden, ohne auch nur als diskussionswürdig erachtet zu werden.

«Sieh mal, so weit ist er noch nicht.»

«Das Gespenst quält ihn noch zu sehr.»

«Denk mal ein wenig nach: Die arme neue Frau würde zur Schlachtbank gehen.»

Der Schöpfer dieser Idee erhob sich mit finsterem Blick. Und verließ wütend die Versammlung, begleitet von spöttischen Bemerkungen: «Oh, was für eine Primel!» «So ein Sensibelchen!»

Glücklicherweise kam ihm kein Mensch in die Quere, er hätte ihn zerlegt. Denn der Freund, dessen Vorschlag so lächerlich gemacht worden war, hatte früher, in seinen argentinischen Jugendjahren, jenen rauen Kämpfen zu dreißigst gefrönt, die unter Gebildeten Rugby genannt werden. Er hegte liebevolle Erinnerungen daran, die nur darauf warteten, aufgefrischt zu werden. Was daraus folgte, waren Prügeleien, die entweder auf irgendeinem Polizeirevier endeten, wo man ihn wieder rausholen musste, indem man den Beamten hoch und heilig versicherte, dass dieser Mann, der in eine Zelle eingesperrt war, trotz seines Auftretens die Ruhe und Friedfertigkeit in Person war, «man hat ihn provoziert, das ist alles, man kann doch niemandem das unveräußerliche Recht absprechen, sich Respekt zu verschaffen». Oder er saß mit zerbrochener Brille und blutiger Nase auf dem Bordstein, und seine Freunde trösteten ihn, was zugegebenermaßen immer häufiger passierte, je älter er wurde und je öfter er daher auf Menschen traf, die 1. keinerlei Respekt vor einem ehemaligen Rugby-Star hatten und 2. Faustschläge oder Karateschläge kannten, die im Handgemenge absolut verboten waren.

Kaum wieder zu Hause, weckte der Argentinier seine Frau, um sie zu informieren. Diese hübsche Person fand aus dem tiefsten Schlaf sofort in die fröhlichste Begeisterung. Und da sie beide keine Lust mehr hatten zu schlafen und die Wut des Mannes eine Energie war, die seine Frau ausgezeichnet zu ihrem Vorteil zu nutzen verstand, liebten sie sich in dieser Nacht wie die Wilden.

Man kann sich vorstellen, dass diese Raserei den denkwürdigen Vorschlag beflügelte, in dessen Zentrum just ein Liebesprojekt stand.

Am nächsten Tag standen der Argentinier und seine Frau spät auf, zum großen Missfallen ihrer jeweiligen Sekretärinnen, die immer und immer wieder angerufen hatten, um sie über all die bereits verpassten Termine zu unterrichten, über all die wütenden und folglich für immer verlorenen Kunden und die vielen anderen Katastrophen, die vielleicht noch aufzuhalten waren. Und sobald sie in ihren Büros waren, beschäftigten sie sich zur noch größeren Entrüstung ihrer Sekretärinnen mit nichts anderem mehr als mit dem Vorschlag.

Zunächst erstellten sie eine Liste mit Kriterien, anhand derer man so genau wie möglich ein Phantombild zeichnen konnte. Dann stellten sie unter Zuhilfenahme aller Mittel, altertümlicher – Mundpropaganda, Briefe – und modernerer – Telefonanrufe, Internet – eine Liste reizender Personen zusammen, die ihren Kriterien genügten. Eine nach der anderen luden sie diese Personen zu sich ein, wobei sie sorgfältig darauf achteten, dass die Frauen nicht merkten, welche Absicht hinter diesen gesellschaftlichen Ereignissen stand.

Und schließlich, nachdem sie ein ganzes Jahr daran gearbeitet und die Auswahl getroffen hatten, erhielt der Witwer einen Telefonanruf:

«Wir erwarten dich am 18. Januar.»

Es gab keine Ausflucht, sie hatten sofort wieder aufgelegt.

Der Witwer kam also am angegebenen Tag, er war etwas zu früh dran.

Als mit einer kleinen Verspätung die Auserwählte eintraf, verstand er plötzlich nichts mehr vom Geplauder der anderen Gäste, die nur eingeladen worden waren, um die Spuren zu verwischen. Allzu laut ertönte eine Stimme in ihm, die er nicht wiedererkannte und die dennoch nur die seine sein konnte. Und diese Stimme wiederholte: «Wenn sie mich will, dann ist sie es.»

Es war unser erster Aufenthalt allein auf dem Land. Es war die erste Nacht, die wir gemeinsam anbrechen sahen. Es waren die Stunden, die wir in dem leeren Haus verbrachten. Wer wagt es, den anderen zu fragen: Kommen Sie, kommst du? Es waren die ersten zaghaften Versuche, die Lampe, die Hände, die sich im Dunklen suchten, die ein anderes Stück Körper fanden und sich erschrocken zurückzogen, und man brauchte vielleicht eine Stunde, um wieder so kühn zu sein. Es waren Kindheitserinnerungen, bei denen wir Zuflucht suchten.

«Wussten Sie, dass ich die ersten zwölf Jahre meines Lebens in Afrika verbracht habe?»

«Wir haben die ganze Zeit am Wasser gespielt, im Sand und zwischen den Felsen herumgewühlt.»

Es waren die ersten Blicke in das eigene kleine Universum, die man dem anderen gewährte. Die ersten Male, bei denen man in einem fort redete, um die Angst zu verlieren.

«Morgen werden Sie sehen, ich werde es Ihnen zeigen, wir brechen auf zu einer Erkundung. Seien Sie nachsichtig. Ich weiß nicht, ob ich mich noch erinnere.»

«Erkundung? Was wollen Sie damit sagen?»

«Oh, Entschuldigung, es geht um Botanik. So nennt man die Spaziergänge, auf denen man versucht, alle Pflanzen zu bestimmen, die man findet.»

«Dann auf zur Erkundung!»

Es war das erste Mal, dass wir Seite an Seite schliefen. Mit offenen Augen, ohne etwas zu sehen, nur um zu spüren, zu hören, dass jemand bei einem ist. Es war das erste Licht, das wir bei Tagesanbruch gemeinsam gesehen haben.

War es möglich, dass das Leben von Neuem beginnt?

Der ältere Bruder ging wieder einmal zum Augenarzt.

«Und, wie ist es?»

«Ihre Gegenwart lässt nach; infolgedessen ist das sonstige Leben wieder besser zu sehen.»

«Das Ziel ist also erreicht.»

Der ältere Bruder schwieg. Die Wände der Praxis waren mit italienischen Landschaften tapeziert. Bestimmt, um den am grauen Star operierten Patienten eine erste Freude zu bereiten, wenn man ihnen den Verband abnahm und sie wieder sahen. Der Arzt lächelte. Normalerweise verhält es sich mit einem Lächeln wie mit einem Moment oder dem Ton aus einer Melodie: Sie gehen vorüber. Niemand käme auf die Idee, sich an ihnen festzuhalten. Das Lächeln des Arztes blieb, es war wie eine Hand, die er mir reichte.

«Manchmal bedauert man es, von einer Krankheit geheilt zu sein.»

«Heilen Sie auch das Bedauern?»

«Das wäre ja noch schöner.»

Das Lächeln war immer noch da.

«Sie sind nicht der Einzige, glauben Sie mir. Die Krankheit ist jemand, der bei Ihnen ist. Die meisten Geheilten sind Waisen.»

Gelobt seien die Umstände!

Hätten sie nicht liebenswürdig und aktiv mitgespielt, hätte dieser neue Antrittsbesuch in allen Punkten den vorausgegangenen geglichen, samt den hinlänglich bekannten Nachwirkungen. Der jüngere Bruder beachtet die Neue nicht, der ältere ist zuerst erbost über diese Missachtung, doch dann beginnen sehr schnell bei ihm die Alarmglocken zu klingeln: Wenn mein Bruder, der mir zugetan ist, meine Begeisterung nicht teilt, dann muss ich mich wohl einmal mehr geirrt haben.

Und schon ist der Wurm drin.

Der ältere Bruder sieht die Frau, die er mitgebracht hat, nicht mehr mit denselben Augen an. Nichts auf Erden ist zerbrechlicher als ein gerade erst entstehendes Gefühl ... Was hätte es gegen die Liebe zweier Brüder ausrichten können, die zusammen mit ihnen auf die Welt gekommen war?

Die Umstände waren insoweit gnädig, als an jenem Tag gutes Wetter war; es war einer jener Aprilvormittage, an denen einem die Sonnenwärme im noch winterlich klaren Licht wie etwas Neues vorkommt. Sprühregen oder ein starker Wind hätte die Stimmung aller verändert. Es war Flut, man konnte mühelos an der Insel anlegen: Eine Wanderung, selbst eine kurze, sorgt nicht gerade für gute Laune, wenn man bis zu den Knien im Schlick einsinkt. Und vor allem hatte die einzige Geliebte des Bruders mit der einzigen Liebe die mächtige Stimme der Höflichkeit nicht gehört (man macht sich nicht aus dem Staub, wenn die Gäste kommen) und war angeln gegangen (denn das war, neben der Liebe zu meinem Bruder, ihre andere Leidenschaft).

Der ältere Bruder sagte nichts außer einem Wort, ihrem Vornamen, Isabelle, dann zog er sich zurück.

Hinten im Zimmer starrten zwei Sessel auf den leeren Kamin (der Frühling begann). Der ältere Bruder wusste, dass sein Bruder in Sachen Sessel empfindlich war: Sie waren für die einzige Liebe reserviert. Eine zerstückelte Liebe war nicht würdig, darin zu sitzen. Er blieb stehen.

Vor dem Bücherregal hatte er die Hand ausgestreckt und ein Buch herausgenommen. *Der zweite Weltkrieg*, von Winston Churchill. Er vertiefte sich in den Bericht über die Bombardierung Londons. «Den 15. September muss man als den Höhepunkt ansehen … Es war eine der entscheidenden Schlachten des Krieges, und, wie die Schlacht bei Waterloo, fiel sie auf einen Sonntag …»

Mit der Zeit hatte der ältere Bruder seine Strategie bei der Vorstellung seiner Geliebten verfeinert.

Die ersten Male war er, geplagt vom Lampenfieber, seinen Geliebten nicht von der Seite gewichen. Er hatte sie am Arm gehalten, ihre Sätze ergänzt, die Gesprächspausen ausgefüllt.

Bis er gemerkt hatte, dass er auf diese Weise Antipathien nie würde vermeiden können. Im Gegenteil, möglicherweise würde er so eine aufkeimende Herzlichkeit ersticken.

Er hatte deshalb die Methode geändert und widerstand nun den Anflügen von Panik bei der Geliebten, ihren flehentlichen Blicken – lassen Sie mich nicht allein, tun Sie mir das nicht an –, machte sich schnell unsichtbar und verschwand in möglichst großer Entfernung.

Der ältere Bruder vertraute von nun an allein seinem Ohr, um nichts von der Begegnung zu verpassen. Wenn mein Gehör nachlässt, sagte er sich, dann ist es höchste Zeit, mit diesen Vorstellungsbesuchen Schluss zu machen, und so auch mit der Liebe.

Der jüngere Bruder und die neue Geliebte hatten sich einander gegenüber an den Küchentisch gesetzt, als wollten sie zusammen Gemüse putzen. «Ich bin Ärztin.» Welcher Geniestreich oder welcher ihr wohlgesinnte Gegenstand (ein scharfes Messer? eine Schachtel mit Heftpflaster? Nadel und Faden?) hatte die neue Geliebte dazu bewogen, gleich zu sagen, was sie von Beruf war?

«Und ich Arzt», antwortete der jüngere Bruder.

Ein ungeahnter Friede durchströmte den Älteren. Ein Friede in Form eines Fragezeichens, das jetzt eine Antwort erhielt. Genügte das für dieses Mal? Und vielleicht zum ersten Mal in seinem Leben ruhig, ließ er die beiden plaudern, zwei Ärzte unter sich, und wandte sich wieder Churchill zu.

Nach einer langen Weile schreckte ihn, trotz seines lebhaften Interesses am Gelesenen, ein Wort von der Lektüre auf.

«Leichen …»

Die beiden Gesprächspartner drüben am Küchentisch sprachen von Leichen. Und vom Leichensezieren.

Besessen wie er war, glaubte der ältere Bruder einen Moment lang, sie sprächen von der Liebe, von der Zerstückelung der Liebe, von der unmöglichen Wiederauferstehung der toten Lieben. Er störte sich nicht an den verwendeten Begriffen, obwohl sie trivial waren: Erinnerst du dich, wie die Gehirne geblutet haben? Einmal hat man mir einen Magen auf mein Minikleid geworfen. Offenbar die übliche Sprache unter Medizinstudenten, dachte er. Verwirrt stellte er nur fest: Die beiden duzen sich ja.

Er musste sich damit abfinden: Die zwei hatten ihn vergessen. Zum Glück winkte ihm Churchill einladend zu.

«Nach einer Weile ließen die roten Lichter erkennen, dass die Mehrzahl unserer Staffeln im Kampf war. Ein gedämpftes Summen stieg vom Boden auf, wo die ‹Markierer› je nach der schnell wechselnden Situation die Scheiben hin und her schoben.»

Eine gute halbe Stunde später, als die Staffeln abermals in den Luftkampf starteten, verließ der englische Premierminister den Befehlsstand und tauchte wieder auf. Der ältere Bruder war der Ansicht, dass er den beiden Ärzten genug Zeit gelassen habe. Die neue Geliebte würde wütend sein. Ich erinnere Sie daran: Die Neuen waren immer wütend, wenn er sie allein ließ: «Wo sind Sie bloß gewesen? So kümmern Sie sich um mich? Das fängt ja gut an!» ... Deshalb legte er Churchill auf den Boden, dankte dem Kamin ohne Feuer, dass er ihm Gesellschaft geleistet hatte, und machte sich auf den Weg zum Küchentisch.

Was er hörte, überraschte ihn nicht: Sie waren noch immer bei ihrem Beruf, das heißt bei Leichen. Schnitt,

Resektion, Exhärese, Dekapsulation ... Doch was er sah, machte ihn sprachlos: Die Augen seines Bruders und seiner neuen Geliebten schimmerten vor Tränen.

«Nie habe ich diese geöffneten Bäuche vergessen. Ich war zwanzig und schwanger.»

«Bei mir ist es der Geruch. Er klebt an mir wie ... wie der Schatten am Körper.»

«Wir waren jung. So jung, erinnern Sie sich?»

«Und sie ließen uns einfach so, ohne jede Vorbereitung, auf den Tod los.»

«Deshalb gibt es so viele barbarische Ärzte.»

«Zweifellos, zweifellos.»

Einer wiederholte und bestätigte den andern, «zu dumm», «zu dumm aber auch», doch ihre Augen glänzten weiter.

Churchill leistete einen letzten Dienst und lieferte ein Gesprächsthema, das perfekt dazu geschaffen war, dieses unangenehme Gefühl zu zerstreuen.

«Ihr müsst einmal das Kapitel über London lesen. Er hat seinen Nobelpreis wohl verdient.»

«Welchen Nobelpreis?»

Bei dieser überraschenden, aber nachprüfbaren Information – Winston Churchill bekam 1947 den Literaturnobelpreis – kehrte die Frau der einzigen Liebe, die selbst eine einzige Liebe war, vom Angeln zurück und zeigte mit betrübtem Gesicht ihren leeren Korb vor. Der jüngere Bruder sprang auf, um sie zu trösten.

«Mein Schatz, du weißt doch, das Wasser ist noch zu kalt für Seebarsch!»

Der große Bruder sagte sich zunächst, die Hauptaufgabe der Liebe sei eindeutig, Entschuldigungen für den anderen zu finden. Doch dann dachte er bei sich, dass es ein Festtag war, denn heute fand das mühsame Vorstellungsritual ein Ende. Sein Bruder hatte den Arm um Isabelles Schulter gelegt.

«Unsere Familie wächst.»

Die einzige Liebe sperrte angestrengt ihre Schlitzaugen auf. Sie hatte wohl zu lange ins Meer gestarrt. Sie hatte Salzspuren, das Salz von Tränen, in den Augenwinkeln.

Nicht dass Sie glauben, mein Bruder mit der einzigen Liebe hätte das Monopol auf den Ritus des gemeinsamen Abendessens gehabt. Vierteljährlich war ich in einem Fischrestaurant an der Place de la Catalogne verabredet. Ich war immer als Erster da. Wenig später kam die Mutter meiner Kinder herein, die wie üblich viel beschäftigt war, sodass wir keine Zeit verloren. Sie kam sofort zur Sache. Aufgrund komplexer chemischer Vorgänge und ohne allzu viel offenkundiges Leiden (ich würde sogar sagen, mit tiefer Erleichterung) hatte sich die einstige Gattin in etwas noch Besseres als eine Freundin verwandelt: meine zweite kleine Schwester.

«Und, was macht die Zukunft?»

«Nun ja … Ich habe das Gefühl … hm … Die Jahre vergehen, aber ich habe das Gefühl, ich bin jetzt angekommen.»

«Das habe ich gemerkt. Die Jahre unseres Zusammenlebens werden also unsere Jugend gewesen sein: Du bist gereist, und ich bin daheim geblieben. Du bist in einem Zug gesessen, aus dem du nie ausgestiegen bist, und ich bin auf dem Bahnsteig zurückgeblieben.»

«Aber der Zug fuhr, oder?»

«Natürlich, und zwar ziemlich schnell. Und als du weg warst, hat sich auch mein Bahnsteig in Bewegung gesetzt.»

«Und wohin fuhr mein Zug deiner Meinung nach?»

«In die Zukunft, ist doch klar! Erinnerst du dich nicht mehr? Deine ganze Kraft, deine ganze Aufmerksamkeit war auf die Zukunft gerichtet: deine künftige Stellung, deine künftige Anerkennung, die Freiheit, die dir deine künftige Stellung und deine künftige Anerkennung verschaffen würden.»

«Ich war also nie da?»

«Ich kannte dich nur hinter der Scheibe dieses Zugs.»

«Und ich bin nie ausgestiegen?»

«Äußerst selten …»

«Dann war ich also unerträglich?»

«Schlimmer noch. Verstehst du meine Frage? Ich würde gerne wissen: Wie sieht die Zukunft aus? War sie es wert, dass du gegenüber jeder Gegenwart so verächtlich warst, angefangen bei der Gegenwart mit mir? Und jetzt, wo du dein Ziel erreicht hast, wie fühlst du dich dort?»

«Im Ernst?»

«Im Ernst.»

«Sehr gut.»

Wieder einmal hatte meine frühere Frau mir ein Licht angezündet. Ihr scharfer Verstand ist, seit wir Freunde sind, eine Wonne, in unserem gemeinsamen Leben dagegen war er oft von eisiger Kälte gewesen. Außerdem: Die Liebe verurteilt, während die Freundschaft verzeiht. Ich erinnere mich daran, wie ihre Augen sich an mich hefteten. Ich erinnere mich, dass ich mich ständig versteckt habe, um ihrem unentwegten messerscharfen Blick zu entgehen. Wer kann ohne ein Mindestmaß an Schatten leben?

«Könntest du nicht ab und zu deine Lichter ausschalten?», bat ich sie immer wieder.

«Man hätte es wissen müssen», antwortete sie. «Ich dachte, du würdest die aufgeklärte Liebe vorziehen.»

Tatsächlich hatte der Übergang von der Liebe zur Freundschaft – der Tausch des Alltags gegen weit auseinanderliegende Treffen – die gewünschte Pause, jene Unterbrechung des Blicks, ermöglicht.

Wie üblich hatte sie mir den Weg gezeigt, ich musste ihm nur noch folgen. Was ich von mir selbst jemals verstanden habe, verdankte ich immer einer Frau, und zuallererst dieser Ex, die heute meine kleine Schwester ist.

Ich hatte begriffen, dass jeder Mensch ein Gebiet der Zeit bewohnt und ihm nie entkommen kann.

Manche Menschen leben in der fortdauernden Vergangenheit, es sind die mit der geringsten Lebenslust: Sehnsucht schadet dem Verlangen.

Andere leben in der abgeschlossenen Vergangenheit: Sie brechen mit allem und jedem, keiner weiß, warum und wieso, vielleicht allein um der Freude willen, das Messer schneiden zu hören.

Wieder andere Menschen sind imstande, in der Gegenwart zu leben: Mit ihnen kommt man am leichtesten aus, weil sie mit beiden Beinen im Leben stehen. Sie besitzen jene Höflichkeit, die man für banal und natürlich halten könnte, während sie in Wirklichkeit eine Seltenheit ist: die Höflichkeit da zu sein. Sie sind da, wenn sie sprechen, da, wenn sie ein Gericht kosten, und da, wenn sie in Wut geraten, da, und nicht woanders, wenn sie lieben. Und ich? War ich jetzt bereit für die Gegenwart, nachdem ich so lange in der Zukunft gelebt hatte?

Ich besuche sie häufig. Niemand weiß davon. Denn ich warte, bis der Friedhof leer ist. Was würde ich tun, wenn ich ihren Eltern begegnete, die ich gern habe? Ich glaube, dann würde ich mein Leben lang nicht mehr aufhören zu weinen. Ich möchte diesen Friedhof für uns beide allein haben. Außerhalb der Öffnungszeiten klettere ich, wenn nötig, über die kleine Friedhofsmauer. Ein Leichtes, denn sie ist nicht hoch. Dank sei ihr. Brest, Saint-Renen, Landunvez ... Ich könnte die Strecke blind fahren. Übrigens glaube ich, dass ich wirklich die Augen schließe. Sonst würde ich nur Gewächshäuser für holländische Tomaten sehen, die sich an der Küste ausgebreitet haben. Mir sind die äolischen lieber.

Wir haben jetzt unsere Gewohnheiten. Ich bleibe nicht lange vor dem Grab stehen. Ich sage ihr nur, «ich küsse dich». Ich lege zwei Blumensträuße nieder, einen von mir, einen von meinem Freund, ihrer dritten Liebe, die der meinen vorausging. Wir haben uns nicht abgesprochen, aber ich weiß, seit wir unser Vorhaben, mit ihrem Sarg durch die Welt zu ziehen, aus Schwäche und Trägheit aufgegeben haben, tut er dasselbe. Dann gehe ich wieder. Kaum habe ich dem Grab den Rücken zugewandt, fühle ich, dass sie da ist. Tote brauchen weniger Zeit als Lebende, um sich zum Ausgehen fertig zu machen. Vielleicht haben sie mehr Freizeit? Wenn ein Lebender sie abholt, sind sie bereit. «Wo gehst du heute mit mir hin?» Sie redet wie früher, mit dem Mund an meinem Ohr: Sie hatte immer Angst, dass ihr jemand die Worte stehlen könnte, die für mich bestimmt waren. Nicht zu Unrecht: Es gab immer so viele Leute um mich herum.

Wir beginnen immer mit den Orten, die sie am meisten mochte. Der Küste im Norden von Argenton, der Umgebung der Kirche Saint-Samson, der Stelle in Trémazan, wo die Schiffe ins Wasser gelassen werden ... den Orten, wo sie, wie sie mir gestand, auch am meisten geliebt hatte. Für sie ging das eine nicht ohne das andere: Wenn man einen Ort liebt, dann liebt man sich dort. Eine Grundregel, die uns zweimal aufs Polizeirevier gebracht hat. Nach Aussage der Beamten hatten wir Unzucht unter freiem Himmel getrieben, und wer weiß wer hätte uns sehen können. Konnte man den Ordnungshütern Unrecht geben? Der Square du Vert-Galant auf der Île de la Cité, gegenüber der Münze von Paris, liegt im Freien, daran war nicht zu rütteln. Ebenso die südöstliche Ecke der Place des Vosges, unter den Arkaden, in einer Juninacht, mit dem Rücken an der Tür des Musée Victor Hugo ... Geben Sie es zu? Wie könnte man etwas nicht zugeben, das einen so über die Maßen glücklich gemacht hat? Wir waren geständig, setzten eine zerknirschte Miene auf und starrten auf unsere Schuhspitzen. Wissen Sie, was eine solche Erregung öffentlichen Ärgernisses kosten kann? Also um ehrlich zu sein – in Ihrem Alter, und noch dazu (er betrachtete meine blau-weiß-rote Karte) als Staatsrat! Als gäbe es keine Zimmer dafür. Beide Male haben uns die großen blauen Augen meiner Tänzerin aus der Affäre gezogen – «aber tun Sie es nicht noch einmal».

Da, und auch dort, an die Wand gelehnt und am helllichten Tag, kannst du dir das vorstellen? Sie zeigte mir die Stelle, beschrieb die Zärtlichkeiten. Wir redeten immer viel über Sex miteinander, fröhlich und ungeschminkt. Der Tod hat sie noch freizügiger gemacht, noch offener. Sie spürt wahrscheinlich, dass ich erröte. Nichts erregte sie mehr, seinerzeit. Dann wuchs sie über sich hinaus. Bis sie schließlich in Tränen ausbrach: «Dabei bin ich doch eigentlich so schamhaft!»

«Gut.»

Jetzt sind wir am Strand von Tréompan, bis zu den Knien im warmen Wasser. Es ist ein langes Band aus weißem Sand, das nach Norden hin kein Ende zu nehmen scheint. Um uns herum waten Männer und Frauen langsam durchs Wasser. Sie schieben Netze vor sich her, die sie von Zeit zu Zeit mit einem Freudenschrei anheben. Kleine durchsichtige Dinger sind darin. Man könnte sie für Silberpapierschnipsel halten. Es sind Fische, junge Seezungen oder Babyschollen. Angeln verboten.

«Gut …»

Sie begann unsere Gespräche über Sex stets mit diesem kleinen Wort: «Gut.» Damit wollte sie sagen: Lassen wir das Nebensächliche und kommen wir zum Wesentlichen.

Auf diesem Gebiet konnte ich ihr nichts vormachen. Wir hatten einander so ausgiebig erforscht. Ich erinnere mich an unser erstes Abendessen in einer Gasse im 5. Arrondissement von Paris. Das Restaurant hatte sich einen historischen oder, um genau zu sein, einen mittelalterlichen Anstrich geben wollen. Freiliegendes Gebälk, Kaminfeuer und Kerzen auf dem Tisch. *Hostellerie de Maître Albert*. Am Vorabend hatte ich einen Tisch reservieren lassen. Die Länge der Tischtücher war ausschlaggebend für die Wahl des Restaurants gewesen.

Wir kannten uns kaum. Wir tasteten uns aneinander heran. Sprachen über die Arbeit, über die Bücher, die wir lasen, über die Schwierigkeit, sich mit Heranwachsenden zu unterhalten … Plötzlich richtete sie ihren Oberkörper auf. Sie wurde ungeduldig. Sie musterte mich, zögerte.

«Gut. Sie sind sehr charmant, natürlich, aber ich frage mich …»

Kellner erraten immer, an welchen Tischen etwas im Gange ist. Unserer hielt sich länger als nötig auf. Sie wartete, bis er ging.

«Wenige Männer mögen Sex. Und Sie … Gehören Sie zu ihnen? Wir sollten offen sprechen: So gewinnen wir Zeit.»

Der Kellner kehrte zurück. Sie tat, als beachtete sie ihn nicht.

«Können Sie mit der Vorstellung leben, dass Sex unser Leben regiert? Zärtlichkeit genügt mir nicht.»

Ich antwortete nicht. Ich begann, ihr Knie zu streicheln. Ich wanderte höher, ohne sie aus den Augen zu lassen. Unsere Teller blieben unberührt.

«Schmeckt es Ihnen nicht?», fragte der Kellner regelmäßig.

Wir aßen nichts. Nur ich das Stückchen Brot, das ich auf ihr spazieren geführt hatte.

Ich war schnell am Ende mit meiner Kunst. Meine eigenen Erfahrungen waren eher simpler Natur. Deshalb kramte ich in der Erinnerung an das, was ich gelesen hatte. Ich murmelte ihr Schäkereien ins Ohr, die andere erfunden hatten. Sie sah mich nicht erröten. Die Kerzen halfen tätig mit: Offensichtlich aus Mitleid mit mir flackerte ihr Licht. Ich denke, ich habe sie letztlich überzeugt. Ja, Sex würde genug Raum in unserer Liebe einnehmen. Wir konnten loslegen.

Wie viel Zeit seit den Tagen bei Maître Albert vergangen ist!

Heute trennt uns von jener Zeit ein Meer, das noch viel größer und tiefer ist als die graue See, die sich vor uns leicht kräuselt. So viel Glück und so viele Tränen.

«Und wie geht es dir mit meiner Nachfolgerin?»

Ich traue mich nicht, ich schweige.

«Wie wäre es, wenn du anfängst? Ich weiß nicht, ob ich noch lange bleiben kann.»

Ihre Stimme ist fast so blass wie das Licht.

«Ich komme mir lächerlich vor.»

«Irgendetwas sagt mir, dass du es tatsächlich bist.»

Ich nehme meinen ganzen Mut zusammen. Ich erzähle ihr von meinem Unbehagen, meiner Raserei. Kaum sitzt I. am Tisch neben einem Mann, beginnt sie, mit ihm zu flirten. Wer ist I.? Du weißt schon, diese tolle Frau, mit der mich meine Freunde gerade bekannt gemacht haben. Und dann rückt der umgarnte Mann natürlich näher, ist ja logisch, und wendet sich ihr zu. Und genau in diesem Augenblick rutscht ihr, wie zufällig, die Jacke von der Schulter. Und sie sitzt mit nackten Armen neben ihm.

«Wie schön! Und nach dem Essen verschwindet sie mit ihm?»

«Natürlich nicht!»

«Was dann?»

Sie lacht. Sie lacht lange, aber ihr Lachen verliert dabei an Fröhlichkeit. Mein Herz zieht sich zusammen. Ich fürchte, sie könnte weggehen.

«Ich kann mich erinnern, dass du bei mir heiterer warst. Bestimmt hast du mich weniger geliebt.»

«Ich hatte mehr Vertrauen.»

«Was brauchst du, um zu lieben, ich meine, um einen

Ständer zu haben, Vertrauen oder Angst? Heiterkeit, Sicherheit oder Eifersucht?»

Die Ebbe ist da, die Möwen spazieren auf den Algenteppichen umher.

«Hast du Schluss gemacht?»

Ich muss mich zu ihr hinabbeugen. Ihre Stimme erlischt. Ich habe gerade noch Zeit, den Schwerenöter zu erwähnen. Diesmal höre ich sie lachen, ihr Lachen von früher, dieses Lied, das so gut zu ihren blauen Augen passte.

«Ein Schwerenöter, mein armer Freund? Was willst du damit sagen? Ein alter Liebhaber, der sie gevögelt hat? Aber du, du hast mich doch auch gevögelt. Du warst genauso ein Schwerenöter. Was hält dich zurück? Liebst du sie weniger als mich?»

Dieser Gedanke belustigt sie offensichtlich, doch die Heiterkeit erschöpft sie.

Wieder legt sich ihre Hand auf meine Schulter. Als sie noch lebte, legte sie ihre Hand immer ganz, ganz sanft auf meine Schulter, um mich zu beruhigen, wenn ich mich aufregte.

«Mach dir keine Sorgen. Alles wird gut. Bald werdet ihr darüber lachen. Bald werdet ihr nur noch Erinnerungen haben. Erinnerungen sind Gespenster, die die Waffen gestreckt haben.»

Wie vorauszusehen war, fühle ich mich lächerlich, ich würde gerne aufhören, doch eine Kraft zwingt mich weiterzureden, es ist ihre Kraft, ihre wohlwollende Neugier, vor der ich niemals etwas verbergen konnte. Ich erzähle ihr von meinen schrecklichen Erlebnissen, von meinem Unvermögen.

«Mein armer Freund …»

Ich spreche, ich unterhalte mich mit ihr wie mit einer Lebenden.

Dazu muss man wissen, dass wir beide, sie und ich, so ziemlich alle Orte und viele sonderbare Praktiken ausprobiert haben. Ich sehe uns vor unzähligen Türen. Ich höre, wie ich stammle: «Meinst du?» Ich höre sie antworten: «Na klar.» Und ich drücke auf die Klingel.

Im Grunde hat sich durch ihren Tod nichts geändert. Wie zu ihren Lebzeiten sprechen wir über unser Lieblingsthema: Sex. Aber wer glaubt mir schon, wenn ich behaupte, dass sie mich auf diesem Gebiet berät wie früher?

Die Nacht bricht an. Man könnte sagen, sie kommt mit dem Meer im Gepäck: Man hört es auf der anderen Seite der Düne gegen die Felsen klatschen.

Es ist Zeit, meine tote Frau, meine Wiederkehrerin zurückzubringen. Ich spüre, dass sie sich sträubt. Sie verlangsamt den Schritt. Wie eine Internatsschülerin am Sonntagabend, wenn sie ins Internat zurückmuss.

Wir kommen an einen Weg. Hier wohnen ihre Eltern, die ich mag.

Der Vater ist ein ehemaliger Soldat. Man hat es nicht leicht im Leben, wenn man zwischen 1945 und 1962 französischer Soldat war. Schlimm genug, dass man alle Kriege (die Kolonialkriege) verlor, die man führte. Aber noch schlimmer war es, alle Einheimischen im Stich zu lassen, die an Frankreich geglaubt hatten. Als die französische Armee aus Algerien abzog, rannten die Harkis hinter den Lastwagen her und bettelten, man möge sie mitnehmen. Um sie loszuwerden, schlugen die Soldaten auf ausdrücklichen Befehl mit den Gewehrkolben auf die Hände derer, die sich an die Rüstleitern klammerten. Die Armen werden kaum Zeit gehabt haben, über ihre gebrochenen Finger zu jammern, werden Sie mir sagen, da der FLN, der Front de Libération Nationale, sogleich kurzen Prozess mit ihnen machte. Aber diese Freunde, die mit ausgestreckten Händen durch den Staub rannten, sind seine Gespenster. Seitdem interessiert sich der Vater nur noch für Vögel.

Die Mutter hat, wie ich Ihnen bereits sagte, zum Beruf, die Sprache wieder in die rechte Bahn zu lenken. Mit anderen Worten, sie ist Logopädin. Aber sie hat eine eigenwillige Methode. Zwanzig Jahre lang hat sie im großen psychiatrischen Krankenhaus Sainte-Anne Kindern mit schweren seelischen Verletzungen Geschichten erzählt. Am besten gewirkt hat anscheinend die Geschichte von Odysseus.

Wo, in welcher Gesellschaft könnte ich sie lassen, die besser wäre als die ihrer Eltern?

Ich folge dem Weg bis zur Landstraße. Ohne mich auch nur einmal umzudrehen. Ich möchte ihre blauen Augen nicht sehen.

Es gibt ein Gespenst, das jederzeit erscheinen kann, ohne Vorwarnung, mitten beim Essen, auf einem Spaziergang, sogar beim Liebesspiel, ein Gespenst, gegen das Tanzen nicht hilft: der Verlustschmerz.

Die Frau an Ihrer Seite wundert sich, macht sich Sorgen. Sie sagen ihr: Es ist nichts Ernstes, alles ist gut. Sie hüten sich, ihr den Namen, den Vornamen zu diesem Schmerz zu verraten.

Mille Regretz.

Und dieses traurige Lied soll das Lieblingslied der Renaissance gewesen sein?

Mille regretz de vous habandonner,
Et deslonger vostre fache amoureuse,
J'ay si grand deuil et paine douloureuse
Qu'on me verra brief mes jours definer.

Tausendfaches Leid, dass ich Sie verlassen muss
Und verzichten auf den Anblick Ihres geliebten Gesichts,
Meine Trauer ist so groß, mein Kummer so schmerzvoll,
Dass man mich bald meine Tage wird beenden sehen.

Ich dachte eigentlich immer, die Frauen und Männer der Renaissance seien fröhlich gewesen. Was faszinierte sie so sehr an dieser kleinen Geschichte über das Leid? Das traurige Lied vom Abschied für immer hat sie wahrscheinlich beruhigt angesichts der vielen Entdeckungen, der vielen fragwürdig gewordenen Gewissheiten, die sie schwindelig machten. Vielleicht war es ihr geschützter Bereich, das eingezäunte Stück Land, das man beherrscht.

Niemand weiß, wer der Verfasser dieser vier Verse ist. Doch zahllos sind diejenigen, die sie vertont haben, vom Norden bis zum Süden Europas.

Der Erste soll Josquin des Prés gewesen sein, geboren 1450 in Beaurevoir in der Picardie, gestorben 1521 in Condé-sur-Escaut, ein Sänger und späterer Chorleiter und ein sehr produktiver Komponist. Sein Leben lang reiste er umher. Nie schloss er sich für längere Zeit einem Lehrmeister an. Angeblich hat er auch die Polyphonie erfunden. Vielleicht suchte er nach ihr auf seiner ständigen Wanderschaft.

Nicolas Gombert komponierte eine andere, berühmt gewordene Fassung. Auch er stammte aus Flandern, war aber zwei Generationen später, um 1495, geboren. Im Namen seines Heimatdorfs La Gorgue steckt das flämische Wort «goor» für «schlammig, sumpfig». Verständlich, dass einen dort das Bedürfnis nach zarten, ätherischen Melodien überkommen konnte. Auch er begann als Sänger. Eines Tages wurde er zur Strafe auf die Galeeren geschickt: Er hatte in seinem Chor ein Kind vergewaltigt. Laut Gerolamo Cerdano, dem Gelehrten, Physiker und Freund da Vincis, starb Gombert an Melancholie.

Andere, viele andere haben sich an der Vertonung dieses tausendfachen Leids versucht. Unter ihnen Männer wie Luiz de Narvaes und Christobal de Morales, der Bariton der Sixtinischen Kapelle, der daraus sogar eine ganze Messe machte.

Wo und wann hat Karl V. die *Regretz* zum ersten Mal gehört? Vielleicht in seiner Geburtsstadt Gent, vielleicht hat seine Amme das Lied leise vor sich hingesummt?

Man erzählt, er habe dieses Lied geliebt wie kein anderes. Er ließ es sich wieder und wieder vortragen und immer öfter, je mehr sein viel zu großes Reich auseinanderfiel. Man ahnt: Nachdem er abgedankt und sich in das Kloster Yuste (Estremadura) zurückgezogen hatte, waren diese vier Verse der letzte Refrain, der ihm von der Welt blieb.

Meine Gefährtin fand diese große Figur ergreifend. Am Anfang unseres Zusammenlebens holte sie mich immer vom Flughafen ab. Doch dann gingen ihr meine ständigen Reisen schnell auf die Nerven. Ich weiß, dass sie und ihre Freundinnen häufig über ihre reiselustigen Männer sprachen und herzlich über sie lästerten.

«Was haben sie nur, dass sie ständig unterwegs sind? Für wen halten sie sich eigentlich, für Tintin oder für Karl V.?»

Seitdem denke ich über diese Frage nach. Ich werde einmal mit ihr darüber sprechen müssen. Karl V. ist tatsächlich viel, sehr viel gereist. Ramon Carande* hat nachgerechnet: In den fünfundzwanzig Jahren, die er fern von Spanien regierte, war er einundzwanzig Jahre (84 Prozent) unterwegs.

Doch während die «Irrfahrt» einen negativen Beige-

* *Carlos V y sus banqueros*, Madrid 1967.

148 schmack hat, schwingt im spanischen Wort «andanza» etwas ganz anderes mit: Für einen Ritter ist die «andanza» die einzig mögliche Lebensform.

Sie friert ständig.

Langsam glaubte ich, es läge an mir.

Dass ich mir das einbildete, ist ziemlich typisch für mich. Ich halte mich gerne für die einzige Wärmequelle derjenigen, die ich liebe. Meistens für die Wärmequelle, doch manchmal auch für die Polkappe: Ich kann gelegentlich zur Eismaschine werden.

Doch allmählich bin ich bescheidener geworden. Ich begnüge mich damit, immer etwas Wollenes, einen Pullover für sie bereitzuhalten. So belaste ich sie vielleicht weniger.

«Von wem redest du?»
«Was willst du damit sagen?»
«Von der Toten oder von der Lebenden?»
«Von der Lebenden natürlich!»
«Bist du sicher?»

«Darf ich dir einen Rat geben?»
«Nur zu.»
«Kümmere dich um die Lebende.»
«Was soll das heißen?»
«Verwechsle sie nicht mit der Toten.»

Ich habe auch Cora Vaucaire besucht.

Sie wohnt in einer ziemlich trostlosen Straße, in einer düsteren Gegend hinter dem Viertel Front-de-Seine. Für Betriebsamkeit sorgt, wenn man so will, nur ein großer BMW-Vertragshändler. Zum Glück sind es nur zwei Schritte bis zur Rue du Théâtre.

Ich wollte sie nicht stören. Ich blieb vor der Tür stehen, hob den Blick und sagte danke.

Ich hatte es schon lange tun wollen. Schließlich verdankte ich ihr meine Krankheit. Und nachdem ich endlich wieder zu Vernunft gekommen bin: War die Chansonsängerin vielleicht schuld daran, dass ich mein Leben mit einer Gesangstournee verwechselt hatte? Oft ohne zu singen.

Als ich sie das erste Mal hörte, muss ich fünf oder sechs Jahre alt gewesen sein. Damals kam es mir vor, als nähme sie meine Hand und führte mich mitten in diesen geheimnisvollen und wunderbaren Wald hinein, den ich gerade entdeckt hatte: die Sprache.

Es war ein Lied von Léo Ferré auf der Grundlage eines mittelalterlichen Gedichts, dessen Verfasser einen Namen trug, den ich sehr komisch fand: Mittelalter hin oder her, wie konnte man nur Rutebeuf heißen?

Diese Sängerin hatte eine solche Präzision, eine solche Aussprache, es war, als würde sie jede einzelne Silbe, ja jeden einzelnen Buchstaben so formen und neu erschaffen, dass ich die Worte sehen konnte, dass ich mit meinen Augen sah, wie sich die Worte in dem Lied aneinanderreihten. Wie Vögel, von denen jeder mit einer Kerze beleuchtet wird.

> Es sind Freunde, die der Wind davonträgt,
> Er blies vor meiner Tür
> Und trug sie davon

Ich bedankte mich und ging zurück zur U-Bahn (Haltestelle Charles-Michels). Doch ich kam wieder. Ich hatte vergessen, mich noch für etwas anderes zu bedanken. Danke für Ihre Genauigkeit, Madame Vaucaire. Sie haben mir, als ich klein war, eine Ahnung davon gegeben und mich später begreifen lassen, dass Unschärfe Trägheit ist. Genauigkeit, Gestaltung und Zärtlichkeit gehören zur selben Familie.

Es war das letzte Mal, die letzte Zusammenkunft in der Rue Bréa. Für den nächsten Dienstag würden wir einen anderen Ort finden müssen. Das Restaurant der weißen Russen schloss, wich einer modischeren Verköstigung, *light food*, molekulare Küche. Außerdem gab es in der Rue Bréa seit Langem keine weißen Russen mehr. Sie waren einer nach dem anderen gestorben. Ihre Kinder waren nach Moskau zurückgekehrt, um an dem großen postkommunistischen Aufschwung teilzunehmen, den man das Leben mit der Mafia nennt.

«Sei mal ehrlich: Könntest du schwören, dass du alles erzählt hast?»

«Natürlich nicht.»

«Warum hast du die andere Geschichte in einen Mantel aus Schweigen gehüllt?»

«Was meinst du?»

«Komm, du weißt schon, die andere Geschichte vom Tod und dergleichen. Warum hast du nichts davon erzählt?»

«Ich hatte wohl Angst. Ich glaube, Geschichten sind wie Menschen: Einige sind ungeduldiger als andere.»

«Und weiter?»

«Die Geschichten bekriegen sich wie die Menschen.»

Die beiden Brüder sahen einander an. Bis zu diesem Moment hatten sie in weit entfernten Ländern gelebt, Ländern, die sie in ihrer Kindheit bezogen hatten: Wie ist es möglich, dass ein Paar so unterschiedliche Söhne hat, fragten die Leute, wenn sie uns Brüder sahen.

Und sie hatten ihre Verschiedenheit brav gepflegt. Ihre gegensätzliche Weise zu lieben war vielleicht auch nur ein Beweis ihrer Folgsamkeit.

Trotzdem hatten sie sich unbemerkt einander angenähert. Jetzt entdeckten sie ihre Ähnlichkeit und staunten.

«Es sind die Jahre ...»

Der jüngere Bruder fasste sich als Erster. Der Ältere war weiterhin fassungslos.

«Die Jahre? Ich verstehe nicht.»

«Das Alter, wenn du so willst. Das Alter, das hohe Alter, in das wir bald kommen. Es ist ein Land, das alle anderen Länder übertrifft.»

Langsam, ganz langsam, wie es seine Art war, dämmerte es dem Älteren.

«Schon möglich.»

«Das Alter ist unser gemeinsames Land.»

«Apropos, was hältst du davon, wenn wir zu unserem nächsten Essen unsere Schwester einladen?»

«Wo ist der Zusammenhang?»

«Sie ist zehn Jahre jünger als wir, ich glaube, sie hat sich ziemlich allein gefühlt.»

«Sie kann gerne kommen, natürlich! Warum haben wir so lange damit gewartet? Wir sitzen doch im selben Boot. Oder etwa nicht?»

Ich erinnere mich: Es war Ende Februar.

Ich nahm den Weg über den Boulevard Blanqui und ging die oberirdische Metrostrecke entlang nach Hause. Ein eisiger Wind wehte von der Place d'Italie herunter. Warum ist es nur gegen Ende des Winters oft am kältesten?

Zitatnachweise

S. 7, *Su cuerpo dejará* ... Kann Tod vom Leben ...:
Francisco de Quevedo, *Aus dem Turm. Moralische und erotische Gedichte, Satiren und Grotesken*, spanisch – deutsch, ausgewählt und übertragen von Werner von Koppenfels, Mainz 2003, S. 154 f.

S. 62, *Sí, tu niñez* ... Ja, deine Kindheit ...:
Rose aus Asche. Spanische und spanisch-amerikanische Gedichte 1900–1950, herausgegeben und übertragen von Erwin Walter Palm, revidierte, zweisprachige Fassung, Frankfurt a. M. 1981, S. 46 f.

S. 62, ‹Ich möchte schlafen den Schlaf ...› ‹Quiero dormir ...›
Federico García Lorca, *Diwan des Tamarit* (*Diván del Tamarit*), spanisch und deutsch, übertragen von Rudolf Wittkopf und Lothar Klünner, Frankfurt a. M. 1990, S. 24 f.

S. 116/117, An der Wurzel des Gefühls ...
Ricœur en reconnaissance d'humanité, Interview mit Paul Ricœur, in: *L'Humanité*, 24. März 2004

S. 129, «Den 15. September muss man ...»:
Winston S. Churchill, *Der Zweite Weltkrieg*, Bd. 2: *Englands größte Stunde*, Buch 1: *Der Zusammenbruch*

Frankreichs, übersetzt von J. Muehlon, N. O. Scarpi und E. Thorsch, S. 22

S. 131, «Nach einer Weile ließen …»:
Ebenda, S. 26

Aus dem Verlagsprogramm

Weitere Bücher von Erik Orsenna bei C. H. Beck

Die Zukunft des Wassers
Eine Reise um unsere Welt
Aus dem Französischen von Caroline Vollmann
2010. 319 Seiten mit 9 Karten. Gebunden

Erik Orsenna, Isabelle Autissier
Großer Süden
Eine Reise in die Welt der Antarktis
Aus dem Französischen von Holger Fock und Sabine Müller
2. Auflage. 2008. 236 Seiten mit 4 Karten. Gebunden

Weiße Plantagen
Eine Reise durch unsere globalisierte Welt
Aus dem Französischen von Antoinette Gittinger und Uta Goridis
2. Auflage. 2007. 288 Seiten mit 2 Abbildungen und 6 Karten. Gebunden

Lob des Golfstroms
Aus dem Französischen von Annette Lallemand
2. Auflage. 2007. 239 Seiten mit 4 Karten. Gebunden

Portrait eines glücklichen Menschen
Der Gärtner von Versailles. André le Notre 1613–1700
Aus dem Französischen von Annette Lallemand
5. Auflage. 2009. 144 Seiten. Leinen

Geschichte der Welt in 9 Gitarren
Roman
Begleitet von Thierry Arnoult. Aus dem Französischen von Holger Fock und Sabine Müller
2006. 103 Seiten. Gebunden

Aus dem Verlagsprogramm

Weitere Bücher von Erik Orsenna bei C. H. Beck

Die Zukunft des Wassers
Eine Reise um unsere Welt
Aus dem Französischen von Caroline Vollmann
2010. 319 Seiten mit 9 Karten. Gebunden

Erik Orsenna, Isabelle Autissier
Großer Süden
Eine Reise in die Welt der Antarktis
Aus dem Französischen von Holger Fock und Sabine Müller
2. Auflage. 2008. 236 Seiten mit 4 Karten. Gebunden

Weiße Plantagen
Eine Reise durch unsere globalisierte Welt
Aus dem Französischen von Antoinette Gittinger und Uta Goridis
2. Auflage. 2007. 288 Seiten mit 2 Abbildungen und 6 Karten. Gebunden

Lob des Golfstroms
Aus dem Französischen von Annette Lallemand
2. Auflage. 2007. 239 Seiten mit 4 Karten. Gebunden

Portrait eines glücklichen Menschen
Der Gärtner von Versailles. André le Notre 1613–1700
Aus dem Französischen von Annette Lallemand
5. Auflage. 2009. 144 Seiten. Leinen

Geschichte der Welt in 9 Gitarren
Roman
Begleitet von Thierry Arnoult. Aus dem Französischen von Holger Fock und Sabine Müller
2006. 103 Seiten. Gebunden

Literatur bei C. H. Beck

Nicholson Baker
Der Anthologist
Roman
Aus dem Englischen von Matthias Göritz und Uda Strätling
2010. 271 Seiten. Gebunden

Stefan Beuse
Alles was du siehst
Roman
2009. 176 Seiten. Gebunden

Andre Dubus III
Der Garten der letzten Tage
Roman
Aus dem Englischen von Ulrike Wasel und Klaus Timmermann
2009. 600 Seiten. Gebunden

David Foenkinos
Das erotische Potential meiner Frau
Roman
Aus dem Französischen von Moshe Kahn
2005. 188 Seiten. Gebunden

Hans Pleschinski
Ludwigshöhe
Roman
2008. 579 Seiten. Gebunden

Benjamin Stein
Die Leinwand
Roman
3. Auflage. 2010. 416 Seiten. Gebunden